監修・編集
水谷 もりひと

心揺るがす講演を読む

その生き方、その教え。講演から学ぶ

ごま書房新社

はじめに

「はじめに言葉ありき」とは、新約聖書の冒頭に出てくる有名な一説である。
「はじめにあった言葉」とはいったいどんな言葉なのだろうと思って調べてみた。
どうやら旧約聖書の冒頭に出てくる神の言葉「光あれ」のようである。

その箇所を覗いてみると、まず「神は天と地を創ったが、まだそこは闇の世界だった」とある。そこで第一声が放たれる。「光あれ」と。こうして宇宙の歴史が始まった。

聖書はいくつもの世紀を越えてその時代時代の人々に支持されてきた永遠のベストセラー書であるから、異論を唱えるつもりはないが、でも唱えたい。
はじめにあったのは言葉ではなく「思い」のはずである。

「光あれ」は、「よし、これから宇宙を創り、ゆくゆくはこの宇宙を治める人類を創るぞ！」という強い思いが、その言葉に読み取れないだろうか。

確か日本語訳が「言葉」なのであって、元々は「ワード」ではなく、ギリシャ語やラテン語の原書では「ロゴス」だと聞いたことがある。

「理法」というか「法則」という概念に近い。それでもその前にはやっぱり「思い」があったと思う。

やや宗教臭い話から始まってドン引きした人もいるかもしれないが、要は言葉というものは「思い」が形になったものである。

長年、私はさまざまな講演会を取材させてもらってきた。そして一言で表現するなら「面白かった話」を、日本講演新聞という講演会専門紙で紹介してきた。

あえていくつかの言葉を借りるとしたら「感動した話」「勉強になった話」「ワクワクした話」「涙が出た話」「なるほどと思った話」等々。

そういう話を聞いた後、会場を出たときに何と言うか想像してみると分かるだろう。「あ〜、今日の話は面白かった」である。

「面白い話」は講師の「思いの強さ」と比例する。「私の話を聞くためにわざわざこの会場に足を運んでくれた人たちの心を満足させないで帰せてなるものか」という思いである。

そのために講師は講演の中身をあらかじめ準備する。会場を笑わせるネタを仕込む。話の構成を考える。また日々話し方のスキルを磨く。

とにかくスピーチを頼まれたらそこに魂を込める。講演の時間は、聴きに来てくださった方の人生の貴重な時間だからだ。

講師の中には天才的な人がいて、全く何も準備せずに会場に到着し、壇上に立って聴衆の雰囲気をつかんで話の内容を考える人もいるが、それはそれですごいと思う。


新型コロナウイルス騒動で国内の講演会がすべてキャンセルになった。ところがじわじわとオンラインセミナーが始まった。

最初は多くの人がぎこちなかったが、徐々に慣れてきて定着するまでにそれほど時間はかからなかった。今後このカタチは定着していくだろう。


紙の本と電子書籍が共存しているように、街の本屋とネット上の本屋もかろうじて共存しているように、リアルな講演会とオンライン講演会も並行して行われていくに違いない。

ただリアルな講演会の場合、物理的な制限がある。その会場が極端に遠かったり、自分の日程が合わなかったりすると参加できない。

またオンラインでもたとえば90分なら90分、2時間なら2時間、端末機の前で座って聴く時間が拘束されるのは結構しんどい。

日本講演新聞は、全国各地の講演会を取材し、その中身を編集して活字にしている。たとえば講演会の冒頭の「え〜皆さん、こんにちは。ご紹介いただきました水谷もりひとです。昨夜ここ金沢市に入りまして、美味しい料理をいただきました。今回3回目なんですが、何度来ても…」なんていうような部分はカットしてもいい。

大切な講師の思いの部分を伝えるのだ。そうすると90分の講演が20分くらいで読める原稿になる。

講演は聴くものであると同時に、読みものとしても、十分に読み手を満足させることができる。

日本講演新聞は以前「みやざき中央新聞」という名前だった。宮崎県で創業した60年を超える歴史があった。

元々宮崎県内だけで発行されていた地方紙だったが、平成4年に私が経営及び編集を引き継いでからは、生き残っていくために宮崎県の情報を捨てて、僕の大好きな講演会の中身を伝える新聞にした。

すると地域性がなくなり、読者が全国に広がり始めた。今では読者の8割を宮崎県外の人が占めている。

そういう経緯もあり、令和2年1月1日号から新聞名を「日本講演新聞」に変えた。

過去の講演記事は1500本にも及ぶ。そのうち電子版を購読すると550本ほどの講演記事が読み放題である。

掲載してから随分時間が経っている記事もあるが、どれ一つ色褪せていない。

今回は10本の講演記事を転載させていただいた。この企画を提案してくれたごま書房新社の池田雅行社長に感謝申し上げたい。

2020年5月

日本講演新聞編集長　水谷もりひと

◆目次◆

第2章　教え（教育編）

第1章

生きる（人生編）

挑み続ける人生

京都大学iPS細胞研究所　所長／教授
山中伸弥

明確なビジョン（V）とハードワーク（W）があれば人生は必ず成功できる

私の家は、医者や研究者の家系ではありません。祖父も父も小さな工場を経営していました。

私は一人息子で、父にとっては唯一の跡取りでしたが、父は私に「仕事を継いではほしい」とは一度も言いませんでした。

おそらく小さな町工場という、浮き沈みの激しい仕事を、息子には継がせたくなかったのだと思います。

また、父は病弱だったこともあって医療とか健康にとても高い関心を持っていました。それで私が中学生になった頃から「お前は医者になったらどうか」ということを言っていました。

そういう影響もあって私は医学部へ進み、医者になりました。

研修医2年目のとき、父は57歳で亡くなりました。入院中、本当は苦しかったと思うのですが、研修医とはいえ、亡くなる前に実の息子から医療処置を受けられて父は嬉しかったと思います。

父は、私が医者になったことを心から喜んでいました。しかし、父が亡くなって1年もしないうちに、私は臨床医を辞めて、大学院に入り直し、研究者の道を歩み始めました。

墓参りするたびに、「せっかく医者になったと喜んで死んでいったのに辞めるとは何ごとや」と父が怒っているような気がしています。いつか天国で父と再会したとき、父に喜んでもらえるような仕事をしたいというのが今の私の原動力の一つです。

私が臨床医を辞めた理由の一つは、外科医だったのに手術が下手だったのです。

上司が一生懸命教えてくれるのですが、なかなか教えられた通りにできませんでした。ですから手術室では「山中」ではなく、「ジャマナカ」と呼ばれていました。それで、これは違う職業を選んだほうがいいのではないかと思ったのです。

もう一つは、どんなに腕のいい医師がたくさんいても、現代の医学では治せない病気やケガの患者さんがたくさんいます。

たとえば、整形外科の領域では脊髄損傷。私も昔、柔道とラグビーをやっていたので、練習中の事故で脊髄損傷になってしまった選手をたくさん知っています。どんなに頑強な人でもこのケガをすると首から下や腰から下が麻痺してしまうのです。

そういった今治せない病気やケガを将来治せるようになるとしたら、それは医学研究です。

その思いもあって臨床医から研究者に身を転じました。

大学院を出た後、アメリカで研究者としてのトレーニングを受けました。

私がアメリカで学んだことの一つがＥＳ細胞という、すごい能力のある細胞でした。

「万能細胞」ともいわれるこのES細胞は受精卵から作り出した人工的な細胞です。

受精卵は最初は1個の細胞ですが、すぐに2個、4個、8個…と細胞分裂をします。最初2週間くらいは母親の子宮の中でぷかぷか浮いていて、その後、子宮の壁に「着床」します。これが妊娠です。


まだ受精卵がお母さんネズミの子宮の中で浮いているときに、お母さんネズミには申し訳ないのですが、受精卵を体外に取り出して培養します。つまり、細胞を増やすんです。その実験に成功してできたのがES細胞です。

この細胞がなぜ「万能細胞」かというと、どんな細胞にでもなれるからです。そして、無限に増やすことができます。

お金と場所さえあれば、ですが。


増やした後、ES細胞から神経、肝臓、心臓、すい臓、あるいは、精子とか卵子という新しい命をつくる細胞まで作り出せるのです。だから「万能」なのです。

これは受精卵と同じ性質です。受精卵もたった1個の細胞から60兆個の細胞を持った人間を作ります。しかも、1個の細胞からすべての臓器ができるわけです。それくらい受精卵というのはものすごい力を持っています。

その受精卵の性質をそのまま持っているのがES細胞なのです。

アメリカ留学中に、このES細胞に出合い、すごく興味を持ちました。それ以来、今に至るまでES細胞の研究を続けています。

もう一つ、アメリカ留学で学んだ大切なことがあります。「VW」という言葉です。これは当時の研究所のロバート・メーリー所長から教えてもらいました。

彼があるとき、私たち若い研究者を集めて、「研究者として成功するためにはVWを忘れるな」と言ったのです。

VWとは「ビジョンとワーク」です。明確なビジョンを持ち、それに向かってハードワークをすれば、研究者として成功するだけでなく、人生においても成功できるというのが彼の教えでした。

得てしてこういう単純な言葉には非常に大きな影響力があります。ハードワークにかけては絶対的な自信がありました。私だけではなくて日本から留学している人はみんな朝から晩まで、土曜とか日曜にも研究所に行っておりました。

問題はビジョンです。「シンヤ、お前のビジョンは何か?」とメーリー所長に聞かれたとき、すぐに答えられませんでした。

「いい論文を書くため。そして研究費をいっぱい貰うため。そしていい職に就くため」、それが本音でした。

当時は、いつ日本に帰れるか分からない不安定な状態でしたし、給料も安かったので、いい研究をして、いい論文を書いて、いいポストに就きたいとみんな思っていました。

しかし、「それはビジョンではない」と言われました。「そんなことのために臨床医を辞めて研究者になったのか。そんなことのためにわざわざ家族を連れてアメリカに来たのか」と。

そう言われると「そうだなぁ」と思いました。

私が医者を辞めて研究者になった大きな理由は、「現代の医学では治せない病気やケガの患者を自分たちの研究によって治したい」と思ったからです。これが自分のビジョンだということを思い出すことができました。


それ以降は、「VW」をいつも意識しています。忙しいとビジョンってすぐ忘れてしまいます。というか、ビジョンを持てない人が結構多いです。医学生に「何で勉強しているの?」と聞くと、答えられない学生さんってたくさんいます。

私は、父の死や、たくさんの難病患者さんと出会ったことで30歳くらいの頃にビジョンを持つことができました。

このビジョンを私は大切にしていきたいと思っています。今、こうやって皆さんにお話しているのも、人に言うことで忘れないようにするためなのです。

認められない、理解されない　そんな日々の中で「もうこんな研究、やめよう」と思った

アメリカでES細胞と「VW（ビジョンとワーク）」という言葉に出合って、研究も順調でした。

今振り返ってみると、周りから素晴らしい環境を与えられていたと思います。

アメリカの研究所は、建物や機械は日本とそんなに変わらないのですが、研究者を支える組織がしっかりしていました。「俳優」の後ろに「大道具の人」とか「照明の人」がいるように。

約3年間、アメリカで研究した後、実験用のネズミを3匹だけ連れて帰ってきました。その3匹が1年後には200匹になりました。

アメリカでは世話をするスタッフがいましたが、日本にはそんな人はいないので自分で世話をしました。1日何時間もかかり大変でした。

大学の研究室のすぐ近くに住んでいたので、学校から帰る子どもから私の研究室が

見えるんです。

「お父さんは大学の先生だから大事な研究をしていると思っていたけど、いつもネズミの世話ばかりしている」と思われていたのではないかと思います。

ネズミの世話ばかりに時間が費やされ、半泣きになりながら研究をしていたのを覚えています。

そうやってネズミを使ったES細胞の研究を何とか日本でも続けてきました。

アメリカでは、周りにノーベル賞受賞者とか、それに匹敵するすごい研究者がたくさんいて、トイレでも普通に会っていました。

それでよく「シンヤ、君の研究はとても面白い。重要だ」と褒めてもらっていました。ほとんどお世辞だろうとは思いましたが、それでもその言葉で頑張れました。

ところが日本に帰ると、周りはお医者さんばかり。しかも人間の病気の研究をされている先生ばかりで、「山中先生、ネズミのなんとかいう細胞の研究も面白いかもしれないけど、もう少し人間の病気に関する研究をしたほうがええんちゃうか。ネズミの医者じゃないんだから」と言われました。

これが結構つらかったです。そして半年もしないうちに病気になりました。

「PAD」という、まだ医学界では認められていない病気です。私たちが勝手につけた病名です。

「Post America Depression（アメリカ後うつ病）」という心の病気です。これ、結構かかる人が多いんです。

これにかかると、まず朝、起きられなくなります。アメリカにいるときは、5時か6時に起きていましたが、日本に帰って、この病気になってからは10時になっても起きられず、妻に心配をかけました。

ネズミの世話に追われる日々の中で、「本来のビジョンである、現代の医学では治せない病気の人やケガの人を将来治せるようになるんだろうか」と考えるんですね。「絶望」というと言い過ぎですが、「もうやめようかな」と、そんな気持ちにさえなりました。

そして、「自分のビジョンなんて夢物語だ。夢をいつまでも追っていてはダメだ。もっと現実と向き合おう。もう一度臨床に戻ろう」と思うようになりました。

そんなとき、こんな私を「雇ってあげる」と言ってくれる病院があり、その病院にお世話になる手前までいきました。

しかし、人生って、本当にどこでどうなるか分からないですね。

1998年と99年の2年間に三つの出来事が起き、それによって私は「PAD」を克服し、再びES細胞の研究に情熱を注ぎ始めることになったのです。

その三つの出来事をこれからお話しします。

研究を続けようと思った非科学的な出来事、そして未来が開けた科学的な出来事

1990年代の終わり頃に起きた三つの出来事のうちの一つは、ちょっと非科学的

なことです。

ＥＳ細胞の研究から逃げ出したくなり、また医者に戻ろうと思っていたのですが、なかなか踏ん切りがつかなかなかった当時の話です。

そのとき、こんな出来事が起きました。


ある日、散歩をしていると、いい感じの土地が売りに出されていました。当時、私たちはマンションに住んでいまして、その土地が、子どもの学校にも、私を雇ってくれるかもしれない病院にも、妻の勤務先にも近かったので、そこに家を建てようと思ったのです。

「家を建てる」という人生の一大イベントによって、自分の人生を変えようと考えたのです。

仮契約をし、手付金も払って、いよいよ本契約の日。「新しい人生の第一歩だ」と思っていたところに、母親から電話がかかってきました。

「伸弥、あんた土地を買って家を建てるらしいな。昨日、お父ちゃんが夢枕に立ったんや。お父ちゃんが『伸弥にもうちょっと慎重に考えるように伝えてくれ』って言ってたんや」と言うのです。

医学部を出て研究者になった私に、そんな非科学的なことを、この期に及んで言ってきたのでした。

でも、実の母親からの言葉ですので、「1日だけ待とう」と思い、不動産屋さんに「ちょっと都合が悪くなったので」と電話して、契約を翌日にしてもらいました。

そしたら、その不動産屋さんはその間にほかのお客さんにその土地を売ってしまったのです。

それで、きっかけを失ってしまった私は研究所を辞めるに辞められなくなってしまったのでした。

二つ目は、科学的な理由です。

それまでネズミのES細胞しかなくて、周りの先生から「おまえはネズミ医者か。おまえはヤマチュウだ」と言われていたのですが（笑）、それが突然、「人間のES細胞ができた」という報告がアメリカから入ってきたのです。1998年のことでした。私たちにとっては天地が引っくり返るような大ニュースでした。

人間のES細胞もネズミのと同じように、いくらでも増やせて、いろんな細胞を作り出すことができます。

ということで、病気やケガの治療にも使えるのではないかと、期待が一気に世界中に広がりました。

それまでは人間の細胞を研究や治療に使おうとしたら、自分の細胞を使うか、患者さんかボランティアの方にお願いして体の細胞の一部をいただくしかありませんでした。

協力していただいても細胞はほとんど増やすことはできませんし、採取できる細胞とできない細胞とがあります。

一方、ヒトES細胞はどんどん増やせるし、そこからいろんな細胞を作れますから、パーキンソン病や心不全、肝硬変、糖尿病、脊髄損傷などの治療に希望が出てくるわけです。

こういう病気やケガは、たった1種類の細胞が原因です。

私たちの体は、細かく分けたら何千種類という細胞からできていますが、その中のたった1種類の細胞が機能異常になることで、いろんな病気になっていくのです。

ですから、ダメになった1種類の細胞の代わりにES細胞から作られた細胞を患者さんに移植することで、機能を再生できるのではないか。そんな再生医療の切り札として、ヒトES細胞が大きく期待できるようになったのでした。

特に脊髄損傷、これは私にとって最大の研究テーマです。この研究に貢献できるかもしれないと、そのとき心が震えたのです。

弱小の山中研究室のスタート。
優秀な学生に来てもらうために大きなビジョンを掲げた

もう一つの出来事が起きたのは1999年の12月です。

奈良先端科学技術大学院大学に助教授として採用していただき、自分の研究室を持たせていただきました。まだ30代の頃です。

この大学は大学院しかありません。まさに研究のための大学です。

4月になると日本中の理系の大学を卒業した学生が入ってきます。

私は、「ここでもう一回頑張ってみよう」という気になりました。

これがPAD（アメリカ後うつ病）を克服できた三つ目の理由です。

この大学は120人の新入生を20個の研究室で奪い合います。

選ぶ権利は学生にありますから、人気のある研究室には優秀な学生がたくさん希望してきます。

人気のない研究室には、そこからあぶれた学生が嫌々入ってきて、さらにもっと人気のない研究室にはほとんど学生が入ってこないという、弱肉強食の争奪戦だと聞いてびっくりしました。

だって私は一番若くて、まだ助教授。言ってみれば半人前です。

周りにはかなり有名な教授がいて、何億円という研究費を持っている先生もたくさんおられます。

私のような研究室に今時の学生が来てくれるわけがないし、学生がゼロだと研究が進みません。

どうしたら学生が来てくれるか、と悩みました。

急に有名にはなれないし、論文もすぐに一流雑誌に出してもらえないだろうし、研究費が突然何十倍に増えるわけじゃないし。

そこで思い出したのが「ビジョン」です。つまり研究室の目標です。

「学生に魅力的な研究室のビジョンを示すことができれば、それに惹かれて入ってくる学生がいるのではないか」と思ったのです。

人間のＥＳ細胞はものすごく大きな医学応用の可能性がある細胞ですが、倫理的な問題もありました。

またＥＳ細胞は他人の細胞なので移植には拒絶反応の問題もあるわけです。

「これを私たち山中研究室は克服します」という大きなビジョンを掲げました。

具体的にどうするかというと、患者さんの皮膚の細胞を取り出しリセットして受精卵の状態に戻します。

つまり、ＥＳ細胞と同じような万能細胞、専門用語で「多能性幹細胞」といいますが、それを受精卵からではなく患者さんの体の細胞から作ろうというわけです。

受精卵は何も情報が書かれていない真っ白な細胞ですが、そこにいろんなスイッチがあって、あるスイッチを押すとその細胞は皮膚になり、別のスイッチを押すとその細胞は血液になり、あるいは筋肉になります。

コンピューターがリセットボタンを押すと初期化されるのと同じように、受精卵に近い状態に戻せる「リセットボタン」を見つけられれば、受精卵から作ったＥＳ細胞と同じような万能細胞ができるのではないだろうか、というわけです。

それを山中研究室のビジョンとして掲げてプレゼンをしたところ、３人の優秀な学生が入ってくれました。

そして、彼らのハードワークによって、20年30年かかると思っていたビジョンに、6年で到達することができました。

その「リセットボタン」を、ハーバード大学やケンブリッジ大学の超有名な研究グループも探していたのですが、私たちが最初に見つけたのです。

こうしてES細胞にそっくりな万能細胞、「iPS細胞」ができたのです。

iPS細胞で病気になる前の元気な細胞を作り出して健康な臓器を再生させる

iPS細胞は、最初は皮膚の細胞から作りました。

今では、皮膚の細胞でなくても数ミリリットルの血液からも作ることができます。

しかも、以前よりもっと簡単に、より安全に、そして、ほぼ無限に増やすことができます。

増やした後は、薬を使ったり刺激を加えることで、いろんな細胞を作り出すことができます。

血液や皮膚の細胞から作ったｉＰＳ細胞が数か月後にはドクドクと拍動する心臓の細胞に生まれ変わるのです。

それを見ると不思議な気持ちになります。

「この技術を使って、現代の医学では治せない病気やケガで苦しんでいる患者さんを、近い将来治していく」というビジョンに向かって、私たちは日夜、研究開発に励んでいるのです。

何年か前の対談でジャーナリストの立花隆さんが、「このｉＰＳ細胞は細胞のタイムマシンですね」とおっしゃいました。

なぜ「タイムマシン」か？

たとえば、今ここに50歳くらいの患者さんがいるとします。

昔は元気で運動もしていたのに何らかの原因で心臓が悪くなって心不全になってしまい、寝たきりの状態だとします。

この患者さんから血液や皮膚の細胞を少し採取して、ある遺伝子スイッチを押しますとiPS細胞に変わります。

そのiPS細胞を増やした後、この患者さんの心臓の細胞を取り出し、移植します。心不全というのは拍動する力が弱くなり十分な血液を送り出すことができず病気になってしまった状態ですが、iPS細胞を作るとそれが一旦リセットされ、受精卵のまっさらな状態に近くなるのです。

そこから作り直されて心臓の細胞になっていくので、赤ちゃんのときの心臓の細胞、病気になる前の細胞が手に入るというわけです。

そういう「昔の元気なときの細胞を作り出す」という意味で、立花さんは「タイムマシン」と表現されたのだと思います。

病気になってしまった患者さんの心臓に、病気になる前の元気な細胞を移植して、ポンプとしての心臓の機能を回復させることもできるのではないかということで、今こうした再生医療への期待が大きく高まってきているのですそしてもう一つ言えるのは、「病気になる可能性を持った心臓の細胞を大量に手に入れることができるようになった」ということです。

それにある刺激を加えて、その心臓を再び同じ病気にすることができれば、あたかもビデオテープを巻き戻して昔の出来事を見るように、病気の再現ができるかもしれません。

それはすなわち、病気の発生を抑え、もしくは病気の進行を抑える薬の開発に繋がる可能性があるわけです。


この「創薬」というのが、iPS細胞の二つ目の使い方です。

京都大学ではこのiPS細胞の利用・応用を加速させるため、2010年にiPS細胞研究所という新しい部局を設立しました。

そして、4年前は150人だったスタッフが、現在は300人以上に増えています。

私も、明日研究所に行って自分のイスがまだあるかちょっと心配になるくらい、イス取りゲームが始まっています（笑）。それくらい多くのスタッフが頑張ってくれているのです。

iPS細胞が免疫細胞を若返らせ、がんを治療する時代がくる

iPS細胞による再生医療についてお話します。

日本の再生医療の研究は世界で一番進んでいて、いくつかの病気には近い将来、医療応用されるというのが今の現状です。

実際に臨床研究が始まっている病気もあります。

理化学研究所多細胞システム形成研究センター（CDB）の高橋雅代先生の研究は「加齢黄斑《おうはん》変性」という目の病気です。

この病気は、光を察知する網膜の後ろにある黒い一層の細胞が加齢に伴って機能異常になり、光を十分に受け止められなくなってしまうのです。これが今の日本人の失明原因の2番目か3番目くらいになっています。

ほかの細胞は大丈夫なのにその黒い細胞だけが機能異常になり、最悪の場合失明し

てしまうのです。

高橋先生は、この患者からｉＰＳ細胞を作り、黒い健康な色素上皮細胞を作り出すことに成功しました。

そしてそれを、その患者の機能が悪くなった色素上皮細胞と置き換える手術をしました。まだ術後、数か月しか経っていないので、高橋先生が正式な結果を報告されるのは数年後になると思いますが、今のところ経過は順調だと聞いています。（※）

※高橋雅代先生のｉＰＳ細胞による加齢黄斑変性治療の臨床試験は２０１３年に承認され、２０１４年には自己由来のｉＰＳ細胞を患者へ移植する臨床研究を世界で初めて実施した。（ウィキペディア参照）

脳外科医の高橋淳教授は、パーキンソン病の治療に取り組んでいます。これは脳内の、ドーパミンという物質を作る神経細胞が、機能不全を起こして発症する病気です。ドーパミンがちゃんと作られないと、体のスムーズな動きができません。最初の一歩が思うように踏み出せないんです。

やっとの思いで踏み出せたと思うと今度は止まれなくなり、どんどん加速し、何かにぶつからないと止まれなくなるのです。

パーキンソン病はそういう大変な病気ですが、原因はドーパミンを作るたった一種類の神経細胞の異常なんです。

高橋教授は、iPS細胞やES細胞からドーパミンを作る神経細胞を作ることに成功し、パーキンソン病のサルによる安全性と効果の検証がほぼ終了しています。

もう1人、江藤先生という方がいらっしゃって、その先生がiPS細胞から血液の赤血球や血小板を作ることに成功しています。

血液の病気、外傷、手術で輸血が必要な方にiPS細胞由来の血液が将来移植されるようになると思います。

「そんなことをしなくても、日本赤十字社の輸血・献血で十分じゃないか」と思われるかもしれません。

確かに現在は何とか血液は足りています。しかし10年後15年後には、献血だけでは十分な血液が確保できないということが予想されています。これは切実な問題です。

iPS細胞で新しいがんの治療法に取り組んでいる先生たちも多くいらっしゃいます。

たとえば、私たちの研究所の金子新准教授。

免疫細胞は、外から入ってきた細菌やウイルスをやっつけます。だから風邪が治るのです。

ただ、若いときは免疫細胞も元気ですが、50歳を超える頃になると次第に元気がなくなります。

一方、がん細胞はやたら元気で、増えるしか能がない細胞です。だから、年を取るとほとんどの場合はがん細胞が勝ち、あちこちに転移し、命を奪うわけです。

そこで、免疫細胞を取り出してiPS細胞を作って若返らせ、さらにそれを増やして、もう一度同じ免疫細胞を作ってがん細胞を攻撃させる。この研究も今着々と進められています。

iPS細胞研究の資金集めはビジョン達成に欠かせない大切な仕事の一つです

iPS細胞は今まさに臨床研究の「入り口」に立ちました。これからが正念場です。臨床研究というのは、わずか数人の研究をやるだけでも何千万円ものお金がかかります。

それが今後は何十人、何百人という患者の協力を得て研究していく必要がありますから、費用はうなぎのぼりになります。

優秀な研究者がこれからもっと必要になり、さらに研究者を支える技術スタッフ、研究内容を社会に向けて分かりやすく伝える広報も重要です。

国から許認可を得ない限り、こういう臨床研究はできませんから規制当局とのやりとりも必要です。そして、企業との協力体制も大切です。

研究者は、いわばステージ上でスポットライトを浴びる「俳優」です。一見華やかに見えますが、裏でちゃんと舞台を支えてくれる人がいないと活動はできないのです。

大学にあるポストは、「研究者」と「事務職員」の二つです。どちらも国家公務員か、それに準じる職です。

私たちの研究所は２００人近い方に給料を払っていますが、その中で安定的な終身雇用の方は約20名だけ。残りの９割近くは不安定な有期雇用です。

年間40億円くらいのお金を国から支援していただいており、すべて税金です。

ただ、その支援の大部分は「競争的資金」という、日本中の研究者が競争して取り合うお金です。

今のところ、私たちは多額の支援をいただいておりますが、数年後にはどうなるか分かりません。だから安定的な雇用ができないわけです。非常にいびつな職場です。

光が当たる私たち「俳優」は安定しているのですが、それを支えてくれている縁の下の力持ちのスタッフについてもちゃんと大事にしていくのが正常な経営と言えるのですが、現実はそうなっていません。とても心苦しいところです。

国からのお金というのはやはり制約があります。

「競争的資金」でやっていくのが中心的な考えであり、その競争をしている私たちを支えてくださっている人を支えるお金は、自分たちで集めるしかないわけです。

ですから、これが所長としての私の使命の一つだと思っておりまして、私が今先頭に立って走っているわけです。

研究所の所長がファンドレイジング（資金集め）を一生懸命頑張るというのはアメリカでは普通なのですが、日本ではまだまだ根付いていません。

私は時々その資金集めのためにマラソンを走ります。

走っていると、後ろの人からよく「山中先生、マラソンより研究を頑張ってください」と言われます。でも、研究のための資金集めも私の大切な仕事なのです。

2012年に京都マラソンを走ったときには1000万円くらい集まりました。

ただ、目標は「年間5億円」ですので、単純計算すると年間50回、つまり週に1回走らなければならない計算ですから、「それは勘弁してくれ」と思っています（笑）

お金の話で終わるのはあまり美しくありませんが、「現代の医学では治せない病気やケガの患者を自分たちの研究によって治したい」という私たちのビジョンを達成するためには、資金面での支援も欠かせないのです。

これからも私たちの研究を見守っていただき、ご支援を賜れたら、大変嬉しく思います。

山中伸弥（やまなか・しんや）

１９６２年東大阪市生まれ。神戸大学医学部卒。臨床医を経て、大阪市立大学大学院医学研究科修了。アメリカ留学の後、２００４年に京都大学再生医科学研究所再生誘導研究分野教授となり、２００８年には京都大学ｉＰＳ細胞研究センター長となる。「成熟細胞が初期化され多能性をもつことの発見」により２０１２年のノーベル生理学・医学賞を受賞した。

iPS 細胞研究基金　検索

人間、その根源へ

(株)日本生物科学代表取締役／(株)日本菌学研究所代表取締役／戸嶋靖昌記念館館長　執行草舟

真の人間の人生には悲哀や慟哭や呻吟がある

現在の日本は、歴史の様々な過程によって「人間とは本来どういうものか」という大前提を誤解して成立している社会です。

我々は人間ですから人間として生きるのは当然ですし、生活の中心にあるのが「人間を大切に扱う」ということであるべきです。

そして皆さんは人間として正しく生きるのがいいと思っているでしょうし、人間としての価値を発揮したいと思っているはずです。しかし、その人間の解釈の仕方をある時期から誤ってしまったのです。

僕は「真の人間とは何か」ということを長年研究してきました。

有史以来、文学において「真の人間」を目指す代表的な物語の一つに『ドン・キホーテ』があります。

その『ドン・キホーテ』をこよなく愛したスペインの哲学者にミゲル・デ・ウナムーノという人がいます。


彼は自身の著書『ドン・キホーテとサンチョの生涯』の中で、「本来の人間」について定義しています。

この定義が僕はものすごく好きなんです。この定義以上の「本来の人間」の定義はないんじゃないかと思っています。

それは「人間以上のものたらんと欲するときにだけ、人間は本来的な人間となる」というものです。


つまり、「人間でありたい」とか「人間として生きたい」では、人間にはなれない。

人間は「不可能と思われることに挑戦し、人間には無理だと思うようなことに挑むのが人間なんだ」ということです。

これは、歴史上の優れた人の人生を見ると本当にそう思います。


人間以上のもの、たとえば不可能と思われるものを目指し、それを成し遂げたいと思って死に物狂いで修行し、勉強し、そういう人たちの人生からポロッと出たことを、他者が「偉大だ」と言っている歴史があります。


たとえば、ニュートンという人を我々は数学者、物理学者という側面で理解していると思いますが、実は彼は偉大な宗教家であり、熱心なキリスト教徒であり、錬金術師でもありました。

ニュートンはケンブリッジ大学の教授をしていたのですが、大学のチャペルで毎日10時間、祈っていたといわれています。

あれほどの物理学者が1日の大半を費やしていたのは祈りだったのです。そういう宗教的な生活の中から、ちょっとだけ出たのが「ニュートン力学」なのです。

実際に全著作を読むと、80％ぐらいは宗教関係の著作です。科学者としての著作は1割から2割あるかないか、そのぐらいです。

僕が言いたいことは、そういう過去の人たちが呻吟した魂が残したものを我々は利用して現代文明を築いているということなんです。それに気付いて欲しいんです。

最初に「人間の解釈の仕方をある時期から誤ってしまった」と言ったのは、偉大な発明や発見という成果だけで人間が解釈されているということです。本当は、苦しみ、慟哭し、呻吟するのが真の人間なんです。

現代で言うと、「生命の本質とは何か」とか「真の愛とは何か」とか、こんなことを考え出したら本当に苦しみます。

僕は子どもの頃からそういう人生の根源的な悩みを抱えていました。でも文学をこよなく愛していましたから、そういう苦しみを抱きながら生きていくことに価値があると思ってきたのです。

真の人間とは、現世の人間にはなかなかできないことを志向する人間です。永遠を志向し、愛を断行し、自己の肉体を何ものかに捧げ尽くさなければならないんです。

これは「宇宙の神秘を解き明かすために生きる」ということです。


昔の人は信仰というものがあったので、今言った「呻吟する人生」を生きることができました。そういう人たちは本当に素晴らしい人生を送っています。

ただ現代人は、ある意味、神を失っているので苦しみ、もがく人生に何の意味も見出していません。

従ってその次元に到達するには、もっと深く宇宙のことや生命のことを勉強して、自分の生命の淵源に突き進もうと思う気持ちがないと、真の人間にはほど遠いわけです。

それをやることが現代科学の本来的な使命だと思うのです。これが僕の本来的な人間の捉え方です。


だから今の時代は何が重要かというと、「青春の苦悩」です。

これがやっぱり一人の人間をつくり上げていく原点じゃないかと僕は思うんです。

一言で言うと、「自分の命を捧げ尽くすものを追い求める」ということです。

これ以外の悩みは「青春の苦悩」じゃありません。ただの自己固執、エゴイズムです。「自分が認められない」とか「自分のしたいことができない」とか、そういう悩みは自分の欲望が達成されていないだけです。

悩みとは何か。呻吟とは何か。苦悩とは何か。それは「自分の命を捧げ尽くすものを探し求める」ということなんです。

そしてさらに大事なことは、その「苦悩」や「呻吟」の先にある「自分の命を捨てるに値するものを見つける」ということです。

それが真の人間のやるべきことです。これを見つけることこそが本当の人生です。

それを見つけると、本当の死を全うできます。

「自分の生命よりも大切なものは何かを追求する」、これが真の人間の悩みということなのです。

小学生の時に出会った「葉隠」に憧れ、「葉隠」に生きる

僕には、小学生の頃から死ぬほど愛読してきた本があります。佐賀藩士・山本常朝の『葉隠』です。

7歳の時にこの本と出会い、武士道に憧れ、そのまま大人になりました。今68歳ですが、この60年間、この本は僕の人生の最高位にある本です。

武士道を愛し、武士の生き方に憧れ、武士道で死のうと、若い頃から決めています。これができたら僕は自分の人生を成功だと思っています。

『葉隠』に触れると、現代人の「どうした、こうした」という話がみんな物質主義に見えます。

我々はもっと世のため人のために自分の命を投げうって苦しんだ先人のことを学ぶべきです。

『葉隠』には三つの思想があります。

第一に「死に狂い」です。生きている限り目の前の現実に対して徹底的に体当たり

をするという思想です。将来のことなんか考えない。

僕は会社の将来も、僕個人の将来も、家族の将来も考えたことはありません。どんなことが起きても全て僕の運命だと思って受け止める覚悟はできています。

キリストの言葉で「明日のことを思い煩うな」という、『葉隠』から取ったような言葉があるんですが（笑）、要するにキリストも同じ考え方なんです。

二つ目は「忍ぶ恋」です。「到達不能の憧れ」のことです。到達できる憧れはただの欲望です。

人間は、絶対に到達できないほど高貴で崇高なものに憧れなきゃ駄目です。現世的な例えで言うと、絶対に手の届かない異性に恋焦がれることです。

「忍ぶ恋」は絶対に他人に理解できません。理解できるのは自分だけです。たとえ家族でも命の根源は絶対に分かり合うことはできないです。自分が宇宙の根源と繋がるしかないです。

それが「忍ぶ恋」の本意です。

これに近い思想は、パスカルが『パンセ』の中で言っている「ただ独りで生き、ただ独りで死ぬ」という思想です。

この覚悟がなければ「忍ぶ恋」は達成できません。

三つ目は「未完」です。みんな何かを成し遂げようとするから弱くなるんです。僕もそうでした。自分の志を成し遂げようとしていた時は精神が弱くなってました。「未完」、すなわち「犬死にでもいい」と決断しなければならないんです。先ほど言った「他人に理解されない」というのも、「自分がしていることは他人から認められなくてもいい」と覚悟を決めないと、葉隠的な「未完に向かう本当の挑戦」はできないということです。

僕は埴谷雄高《はにやゆたか》の『死霊《しれい》』という文学が死ぬほど好きです。埴谷雄高の作品は、文学では絶対に表現できないものを描こうと決意して書いた文学です。

それを埴谷雄高も分かっていて、その文学に挑戦し続け、未完のまま死にました。ここに僕は痺れました。

埴谷雄高の『死霊』は、難しいとよくいわれます。僕はそうは思いません。内容を分かろうと思ったことがないからです。内容なんかどうでもいいんです。僕は内容なんか興味ないです。

埴谷雄高は、絶対に描けないと分かっているものに挑戦した男です。その文学者の心意気と僕は毎日一緒にいたいと思っています。

僕の文学への愛とはそういうものです。

運命を生き切る。それは体当たりで生きるということ

自分の人生を振り返って運がよかったと思うのは、子どもの時に「葉隠」という思想と出会い、それを信仰して生きてくることができたことです。僕は、この世にある文学作品で読んだことがないものはないと言っていいほど文学に触れ、研究してきました。

その結果、日本の武士道が人類最高の文化であり、これこそ真の人間を引き出せる

ものだと確信しています。

モーリス・パンゲというフランスの哲学者は日本の大ファンで、特に武士道のことを「運命への愛」という言葉で表現しています。武士道を研究してきたパンゲは「武士はどうしてあんなことができたんだろう」ということも含めて、「武士とは自分の運命を愛した人たちだ」と言っているんです。

つまり、「運命への愛」とは「自分の運命を生き切る」ということです。これは全ての人間の人生にとって一番重要だと僕は思っています。

皆さんは「武士」と言うと、「刀」とか「侍」をイメージするかもしれませんが、「葉隠」のいう武士道というのは問答無用に「自己固有の運命を生き切るということ」「自分の運命に体当たりをして死ぬ」ということです。

私もそのように生きたいと思っています。現代的武士道です。

僕は小学校の頃から、『葉隠』の中にある「毎朝毎夕、改めては死に改めては死ぬ」

という言葉を毎日唱えていました。

この言葉が大好きなんです。この言葉を唱えていると「体当たりの人生」が面白くなってくるんです。

体当たりの人生を送っていると、たまにしくじることもあります。

でも「毎日死ぬために生きているんだ」と思うと、「体当たり」のしがいがあるんですね。

僕の会社は創業から35年経ちますが、僕は今まで体当たりの経営しかしてきませんでした。その日に起きる会社の問題も、その日に来たお客さんの接待も、全力で体当たりしてきました。

売り上げを気にしたこともないし、いくら儲かったとかも一切考えたことがありません。それでも会社は順調に成長してきました。

体当たりを毎日繰り返していると、自分の運命が好きになります。不幸なことが起きてもそれを丸ごと受け止められます。

自分の運命ですから愛おしいんです。

これからもし不幸のどん底に落ちることがあっても一向に構わないと思っています。それも僕の運命ですから。だからその現実を存分に味わいたいと思って日々を生きています。

そういう人生を死ぬまで続けられたら真の人間の最低レベルはクリアできるのではないかと思っているのです。

そんな生き方を貫いた真の人間の典型として僕は三島由紀夫を挙げたいと思います。三島は、独自の文学と独自の死を築き上げた作家で、同時にすごく誤解された天才でした。

三島が一番優れていたところは誤解を全く恐れなかったことです。それは三島が自分の運命を貫いていたからです。

いかに不評であろうと、全ての批判を超越して、その最後にあのような死に方に向かっていった。その死も世間から批判されましたが、僕にはよく分かるんです。

三島の死は、独自の人生を貫いてきた人じゃないと絶対に分かりません。

三島由紀夫の『美しい星』に肉体を捨てる覚悟を見た！

三島由紀夫の作品の中で僕が一番好きなのが『美しい星』です。「美しい星」とは当然地球のことです。

これは昭和34年、まだ原発もなく、原子力が人類を破滅に導くという実感がない時代に書かれた幻想的なＳＦ小説なのですが、ものすごいロマンティシズムに満ちた本です。

この中に僕は『葉隠』の「忍ぶ恋」を感じるんです。

この本の最後から5、6行目のところにこんな言葉があります。

「人間の肉体でそこに到達できなくとも、どうしてそこへ到達できないはずがあろうか」

この言葉に出会った時、『葉隠』がまた僕の腹にドーンと落ちたのです。

普段、「あれは駄目だ、これは駄目だ」と、いろいろとぶつぶつ言っている人がいますが、そういう人は肉体ばかり気にしている人です。

人間の理想とは、肉体を捨てる覚悟をいつも持っていることです。

そもそも人間とは魂が躍動している存在ですから、肉体を捨てる覚悟ができると、その高貴で清い魂が美しく輝き始めます。


もしあなたがそれを感じることができないとすると、それは肉体ばかり気にしているからです。

肉体はいずれ捨てるものですから、執着しないほうがいい、諦めたほうがいいです。

先ほど紹介した三島の言葉はそれを表しています。

もっと深く説明すると、三島の言う「そこ」が重要です。

これは僕の解釈なんですが、フランスの哲学者で、カトリックの司祭でもあるテイヤール・ド・シャルダンの言う「オメガ点」のことではないかと思っています。

「オメガ点」とは、人間の魂が最後に辿り着き、それだけで一つの天体を創るといわれている宇宙の終末点です。

それが三島の言う「そこ」ではないかと僕は思っています。

「人間の肉体でそこに到達できなくても、どうしてそこへ到達できないはずがあろうか」と。

僕は当然、自分の肉体はいつでも捨てる覚悟はできていますから、肉体のことは考えません。

「肉体をいつまでも生き長らえさせよう」とか、「肉体をこうすればいい、ああすればいい」とか考えたことがないんです。

肉体が自分の意思の中から去っていくと、魂の中から宇宙的なもの、生命的なものが出てくるんです。

それが愛の本質です。

三島もそういう人だったと僕は思うんです。

この「人間の肉体で到達できなくとも」というところがやっぱり一番重要です。

そういう本当に高貴で、清く、美しいところに肉体を伴って行きたいと思っている人は一人も辿り着けないということなんです。

それはつまり現世的な成功や幸せだけを目指して生きているということです。

そういうことばかり考えている人は崇高なもの、つまり人間の本質である魂の到達点に辿り着けない。

だから、それをいつでも捨てられる覚悟を持って生きなければならないということです。

（参照：執行草舟の公式Ｗｅｂサイト　http://www.shigyo-sosyu.jp）

執行草舟（しぎょう・そうしゅう）
昭和25年生まれ。立教大学卒。実業家、著述家、歌人。七歳の時に出会った山本常朝の『葉隠』に影響され、以来武士道に傾倒。独自の生命論に基づく事業を展開すると共に、『生くる』『友よ』『根源へ』（講談社）、『「憧れ」の思想』『お、ポポイ！』（ＰＨＰ研究所）などの著書がある。

盤上で培った思考

将棋棋士　羽生善治

プレッシャーは、手応えを感じている証です

取材やインタビューのときによく聞かれるのは、「何手くらい先を読んでいるのですか?」という質問です。局面を前にしてまず必要なのは「直観」です。将棋は一つの場面で約80通りの手があるといわれます。

その可能性の中から直観で二つ、ないし三つの手を選びます。残りの可能性は最初から考えません。

「直観」といっても過去に自分が習得してきたことをもとにしているので、やみくもに選んでいるのではありません。

次に行うのは「具体的に先を読む」という作業です。ただこれはあっという間に「数の爆発」という問題にぶつかります。

たとえば「自分の手を三手考える」とすると、その三手に合わせて相手の手も三手ずつあるので、３×３＝九手になります。十手先の局面を考えようとすると、その手の数は「３の十乗」あるわけです。

直観でたった三つの手に絞ったにもかかわらず、あっという間に膨大な可能性がやってきます。

こうなった時に必要なのが「大局観」です。これから先の方針や戦略を決めるという、ざっくりとした流れのことで、これで無駄な思考を省くことができます。

棋士はこれら「直観」「読み」「大局観」の三つを使っていきます。若い時は「読み」を中心に考えることが多いですが、経験を重ねると「直観」など感覚的なものを大事にしていくように思います。

対局は朝の10時から、遅い場合は夜の12時くらいまでかかります。その中で1時間も2時間も考える、いわゆる「長考」と呼ばれるものがあります。

棋士は30分もあれば、「Aという手を選んだらこうなり、Bの手だとこうなる」と考えることができます。そこから「じゃあ最終的にAがいいのか、Bがいいのか」と迷ってしまうことが「長考」につながるのです。

私は今まで公式戦で2000局ほど対戦してきましたが、一番長く考えたのは約4時間でした。では、4時間考えてすごくいい手が指せたかというと、多分5秒でも同じ手を指していたと思います。


対戦相手に4時間考えられたこともあります。私も最初の1時間は局面のことを考えていましたが、残りの3時間はどうでもいいことを考えていました。「お昼は何にしようかな」とか「4時間あればどこに行けるかな」とか「このまま指してくれなかったらどうなっちゃうんだろう」とか（笑）。じっくり熟慮することも大事ですが、長く考えればいい手を選べるわけではないと私は思っています。

さらに言えば、長く考えると「3番目の選択肢」が出てくる時があります。「AとB、どっちがいいか分からない。…Cという手もあるんじゃないか？」とふと思いつく時があるのです。

しかし私の経験上、これは悪い手であることが多いです。苦しい状態にいるため、それがいい手のように見えるだけだと思います。

ですから3番目の手を思いついた時には注意して考えるようにしています。

結果が出ない時、私はまず「これは不調だからなのか、自分の実力なのか」を見極めることを大事にしています。将棋の世界では昔から「不調も3年続けば実力」といわれます。

「実力」である場合は真摯にその事実を受け止め、努力することが大事です。

「不調」である場合、やっていることは間違っていないけれどまだ結果が出ていないだけです。その時にやっていることを変えてしまうと元の木阿弥ですので、注意が必要です。

不調の時は気分が落ち込みやすいので、私は日々の生活にアクセントをつけることを心がけます。髪型を変えたり部屋の模様替えをしたり、今までと違うことをしてその期間を乗り越えていきます。

アスリートもそうですが、どんな時にいいパフォーマンスを発揮できるかといえば、それは間違いなくリラックスして楽しんでいる時です。

ただそれはやはり難しく、つい緊張やプレッシャーを感じるものです。プレッシャーがかかったとき、私は「この状態はそれなりに手応えを感じている証だ」と考えています。

たとえば1メートル50センチのバーを飛べる高跳びの選手がいるとします。この選手が1メートルの高さのバーを目の前にしても、楽勝で飛べるのでプレッシャーは感じないでしょう。

逆に2メートルのバーでもプレッシャーを感じません。飛ぶのは不可能だからです。

でも「1メートル55センチ」とか「1メートル60センチ」なら飛べるかもしれません。

そういう時にこそ、プレッシャーはかかりやすいのです。

つまり、あともう少しで目標に到達できる、もしくは次の段階に進めるという時に私たちはプレッシャーを感じるのです。

それによって、能力やセンスが開花するケースも多いと思います。

知り合いの編集者から聞いた話では、「締切の直前にならないと書かない」という作家さんもいるそうです。

これは決していじわるをしているわけではなく、作家さんは「締切」という逃れることのできない環境に身を置くことによって初めて深い集中ができ、いい作品を書き上げられるということだと思うのです。

プレッシャーや緊張感はその人の本当の能力を引き出すきっかけになることもあるのです。

将棋のルールから見える日本文化の特徴とは？

将棋は古代のインドで誕生した、「チャトランガ」というすごろくのようなものが発祥といわれています。それが西洋に伝わってチェスになり、日本では将棋になったのです。
日本に伝わったのは1500年前といわれています。正確な文献は残っていませんが、奈良の興福寺から出土した駒が日本最古のものです。どういういきさつで日本にやってきたかというと、ほぼ間違いなく貿易だと思われます。なぜかというと、駒がそれを証明してくれているからです。

「金将」「銀将」は金銀財宝のことを表し、「桂馬」「香車」は香辛料を意味しています。金銀財宝と香辛料は昔の貿易の主要品でした。「王将」という駒も昔は「玉将」、つまり玉だったのです。これも貿易品の一つですね。

現在のルールが確立されたのは約400年前です。もちろんそれまで何十回というルールの変遷がありました。

そもそもこのゲームは戦争の好きな王様に困っていた家臣たちが「なんとか止めさせなくては」と考えついたものだそうです。ですから、もともと将棋は娯楽扱いだったのですね。

ただ、娯楽も歴史に淘汰されます。面白いものは残り、つまらないものは廃れていくわけです。

ですから現在の将棋というのは、先人たちが「どうやったら面白くなるのか」と知恵を振り絞り、何度も試行錯誤されてできたものだということです。

ルーツは同じインドでも、日本の将棋は他のゲームと比べて、極めて独自の進化を遂げました。ほかの国や地域では、ゲームをおもしろくするため、駒の力を強くしたり盤を広げたりという工夫がされました。

たとえばチェスの場合は「クイーン」という非常に強力な駒を作ることによってゲームの深さを増しました。囲碁の場合は19×19にマス目を広げることで、可能性を増して面白くしました。

将棋はそれと正反対の方向に変わっていきました。駒の数を少なくし、マス目も小さくして9×9の盤になったのです。

この変化の傾向は将棋だけの話ではなく、日本の伝統的な文化といえると私は思います。

短歌や俳句は限られた文字数の中で表現しなくてはいけません。「能」も能面を使って表情を見せないことで心の情感を現そうとしました。茶道の場合、千利休は狭い畳の世界に森羅万象を見出しました。

日本人には、このように「コンパクトにしていく」特徴があるのではないかと思います。

これは昔だけではなく、現在生きている若い人たちにも当てはまります。セブンイレブンのことを「セブン」、ファミリーマートを「ファミマ」など、省略するのが好きですよね。

きっと私たち日本人にはそんな考え方が「習慣」のように強く残っているのです。その現れ方は異なれど、根本的な発想や考え方は2000年前も今も大きく変わっていないと私は思っています。

技術が進歩できたのは、新しい発想のおかげでした

対戦後にお互いの対局を振り返る「感想戦」をテレビなどでご覧になる方もいると思います。

対戦では基本的に100~120手の駒が動くのですが、見た人から「よく記憶できますね」と言われます。

でも私たちにとってはすごく簡単なことで、いわば歌を覚えるのと同じなのです。皆さんも歌の出だしを聞くだけで曲名が分かったり、何十年も歌っていない曲のメロディーや歌詞をふと思い出したりすることがあるでしょう。

盤上の動きも一定のリズムやテンポ、流れに沿っているので、コツを掴んでしまえば覚えることは簡単です。

ただ、以前に園児同士の対局を講評した時は、園児たちは私が予想する手を一手も指してくれなかったので、記憶するのが非常に難しかったです（笑）。

実際の試合で過去の対局を思い出す場面はよくあります。

その時に難しいのは「1個だけ歩の位置が違う」とか「1個だけ駒がずれている」といった、似て非なる局面の違いをきちんと覚えておくことです。勘違いして覚えていると結論が違ってしまいますから。

インターネットが普及してから、ネット上で対戦をして強くなる人が多くなりました。私もネット対戦で練習していました。匿名の世界ですが、やるうちに相手がプロなのかアマチュアなのか、分かってくるんですね。

ある時、公式戦の前日にネット対戦した時のことです。対局を進めていくうち、「明日の相手じゃないか？」と気付いたことがありました（笑）。

「これは大変だ」と思って、私はそれからネット上で対戦することはやめました（笑）。

ネットを使った成長の特徴は、「法則に乗ってしまえば、あるところまでは一気に強くなれる」ことです。しかしその後もずっと強くなっていくのかというと、必ずしもそうではありません。

最終的には、自分独自のスタイルや個性、独創性や創造性といった部分が大事になってきます。

茶道に「表千家」「裏千家」のような流派が根強く残っているように、将棋の世界も伝統的な要素が強いです。一方でその部分が進歩の足かせにもなっていました。「こういう作戦が本筋だ」「この手が王道だ」という考え方が強いあまり、「それ以外は邪道だ」と師匠に怒られたり、大先輩からにらまれてしまったりすることがあったのです。

しかしネット対戦などで自由な発想やアイデアを試せるようになり、それによって技術的に大きく進歩したように思います。50年前の棋士が現代の将棋を見たら、「なんだこれは」と怒り出すかもしれませんが…。

過去のデータにとらわれてしまうと、それが先入観や思い込みを生んでしまい、新しい発想を生むのが難しいのです。

最近では新しいアイデアが生まれたら、棋士同士で一緒に研究したり分析したりすることが増えました。他の棋士と自分の考えを照らし合わせることで、より早く、そして確実に技術が進みます。

「感想戦」も同じで、自分と相手の考えを照らし合わせる機会になるので、その一局のより多面的な部分が見えてくるのです。

30年経って、ようやく気付けるミスもあります

私が対戦を終えて「今日はどこも悪くなかった」と思えるのは、1年で1回あるかないかです。

ミスはもちろんないほうがいいと思います。ただ実際には、どうしても何かしらミスをしてしまいます。だからこそ大事なのは「ミスをしない」ことではなく、「ミスを重ねない」ということではないかと私は思っています。

ミスを重ねてしまう原因、その一つは気持ちの動揺です。

「なぜあんなことをしてしまったのだろう」「こうしておけばよかった」「何とか挽回しなくては」、そんな気持ちが頭をよぎって冷静さを欠いてしまいます。

もう一つの原因は「難易度が上がる」ということです。ミスをする前は「今がどういう状況か」「どういう方針で行くか」「これから先どうなるか」など、考えが明確なので、正しい選択をすることができます。しかし一旦ミスをしてしまうと、それまでの考えや予想が崩れ、未来の方針も見えづらくなってしまいます。

ですからミスをする前に比べると難易度がかなり高くなるのです。気持ちが動揺する上に難易度が高くなることで、またミスを重ねてしまうわけです。

ミスを重ねないための方法として、一つは「一息つくこと」が大事だと思います。お茶やコーヒーを飲んだり外の景色に目を移してみたり。1、2分のちょっとした短い時間の小休止を取ることで、冷静さや客観性を取り戻すことができます。

もう一つ大事なのは「反省と検証は後回しにする」ということです。対局中にミスをした直後、ついつい「あれをしなければうまくいったのに…」と考えてしまうんですよね。

もちろん最終的には対局を振り返って反省し、検証する必要があります。でもそれはとりあえず置いておき、今の状況に集中することを心がけなければいけないのです。

ただ、私は「ミスをすること自体が悪い」とは言い切れないと思っています。なぜならミスをしたことと結果は必ずしも一致しないからです。

ミスから学ぶこともたくさんあるのです。

自分だけでなく、相手もミスをすることがあります。対局において、お互いに一つずつミスをした時、それらが相殺されるかというと、そうではありません。私の経験上、後からミスをしたほうが不利になることが圧倒的に多いです。

自分がミスをしたことで相手のミスを招き、結果的にうまくいってしまうこともあるんですね。ですので、ミスがいい結果を導く場合もあるわけです。

それから、私は棋士になって約30年になりますが、デビューした頃の自分の試合を見ると、目を覆いたくなるほどです（笑）。

その時の自分は一生懸命やっていて「うまく指せたな」と思っていたはずですが、

今見返してみるとおかしいところだらけなのです。

それはつまり、今の自分にも同じことが言えます。今の自分が認識できるミスもあれば、ある程度年数が経ってみないと気付かないミスもあるのではないかと思っているのです。

そういう経験を繰り返すことで技術的に前に進んでいけるので、「ミス」というのも自分なりに許容していくことが大事だと考えています。

これからの時代だからこそ人間的な部分が大事です

現代はコンピューターやＡＩが大きく発展する時代になりました。将棋の世界でもそれらが発達することでいい面はあります。その一方で難しいのが「正しく評価をする」ということです。

ＡＩは何手先でも読むことができます。しかし大事なのは「たくさん読むこと」ではなく「方向性を間違えずに読むこと」なのです。

私の尊敬する故・原田泰夫先生はよく「三手の読み」と言われていました。それは「自分が一手を指し、相手が二手目を指す。それに対して自分がどう指すのかを考えることが大事」という意味です。

この時に何が難しいかというと、二手目を正しく予想することです。つい自分の価値観で考えてしまうんですね。

将棋の場合、常に「正しい評価の基準」が変わります。

駒をたくさん取っているほうがいいのか、大きな駒を動かせていればいいのか、しっかり守っているほうがいいのか。分かりやすい基準で評価ができればいいのですが、その時の局面で有利な状況が違うのです。

これをコンピューターが判断することはとても難しいです。可能にするためには、膨大な数のデータを覚えさせないといけません。

それから難しいといわれるのが「暗黙知」です。「暗黙知」は私たち人間の経験や勘に基づく知識のことで、これは、できるけど説明ができません。

たとえば皆さんは竹馬に乗れますか？　でも「どうやってバランスを取って動くのですか？」と聞かれて、言葉でうまく説明できますか。人間が説明できないものを、ＡＩにさせるのは難しいです。

それから、どんなにシミュレーションしてもやはり思いがけないアクシデントは出てくるものです。それらは事前の練習や分析だけでは全て解消できません。

これから先、あらゆる分野でほぼ間違いなくＡＩの影響を受けると思います。しかし一方で、人間的な部分も問われてくるのではないかと思っています。

以前、ヨットで二度も世界一周をした白石康次郎さんに「どのようにヨットを進めるのですか？」と尋ねたことがあります。

すると白石さんは、「朝、甲板に出て新鮮な空気を吸い、『今日は行けるぞ』と感じたら自分の直感や勘を信じて進める」と言われました。

しかし「今日はいまいち自信が持てない」と感じた時は、データを用いて理論的に進路を考え、進めていくのだそうです。

直感や勘、そしてデータや科学技術をバランス良く上手に使いこなしていくことで、大きな推進力が生まれるのです。

「自分の対局をたくさん学習させたら、ＡＩは自分のような将棋を指せるのでは？」と真面目に心配したこともありました。

しかし専門家の方によれば、そのためには20万局くらいのデータが必要らしいのです。さすがにそれだけの将棋を指すには数百年くらいかかりそうなので、少しほっとしました（笑）。

ただ、だからこそ一人ひとりの個性やオリジナリティー、独自性といったものが、これからますます大事になるのではないかと私は思っています。

羽生善治（はぶ・よしはる）

１９７０年埼玉県生まれ。85年、15歳で四段に昇格し、中学生プロ棋士に。89年には19歳で初タイトル・竜王を獲得。96年、史上初となる七大タイトルを独占し、２０１７年には前人未到の永世七冠を達成。あらゆる戦法を使いこなし、終盤の劣勢を逆転させる勝負手は「羽生マジック」と呼ばれる。通算獲得タイトルは99期で、歴代1位の記録。

銀幕と共に半世紀

映画プロデューサー／「銀幕塾」塾長　明石渉

映画という教科書と三船敏郎という道しるべ

僕らが生きてきた「昭和」という時代は激動の時代でした。その最たるものといえば戦争です。あの大戦の後、日本は世界から信用を失い、日本人は誇りを失いました。そんな時、世界が日本に注目したものがありました。それは黒澤明監督の『羅生門』という映画でした。

1950年に制作された『羅生門』は、当時難解な映画だということで、結構評判が悪かったんです。制作会社の大映の社長は、試写会の途中で中座してしまいました。しかも「こんな訳の分からない映画、誰が作ったんだ」と怒って、そのプロデューサーをクビにしたくらいです。

ところが、イタリアのプロデューサーが、この映画のすごさを見抜いたんです。彼はすぐさま「これをイタリアのベネチア国際映画祭に出品して、日本の映画の素晴らしさを世界に紹介しましょう」と大映にお願いしました。

しかし、大映は「そんな金はない」と断ったんです。それで彼は「だったら私が自費で字幕スーパーを作りますから出品してもいいですか？」と言うと、大映が「どうぞご自由に」と言ってきたので、そのイタリアのプロデューサーがベネチア国際映画祭に出品したんです。

そしたら『羅生門』がグランプリを獲りました。日本映画史上、初めての国際映画祭でのグランプリでした。

今まで世界の映画人が見たこともない映像と見たこともない役者の躍動が世界の人々を惹きつけました。

『12人の怒れる男』という、歴史に残るハリウッド映画に出演していたリー・J・コップさんはこの映画に心底魅了されて、12日間、毎日『羅生門』を観に映画館に通い続けたそうです。

そして、ここから日本映画の黄金時代が始まっていきます。
その『羅生門』で主役を演じた三船敏郎という俳優に僕は師事しました。

今年僕は、映画・芸能生活50周年を迎えます。この間、映画一筋に生きてきました。未だにシナリオを書いたり、演出をしたり、プロデュースをしたり、そして今は「銀幕塾」という映画の魅力を伝える塾の塾長をしています。これも「三船敏郎」という俳優との出会いのおかげだと思っています。

大学を卒業後、僕は三船プロに入社しました。入る前、面接を受けました。その日の東京は大雪で、そのためバスが走らず、僕は「成城学園」という駅から歩いて三船プロまで行きました。

会社の前で赤いセーターを着たおじさんが雪かきをしていました。あいさつをすると三船さんでした。びっくりしました。

当時、僕は日本大学芸術学部映画学科の学生です。周りは映画が好きな奴ばかりです。僕らからすると「三船敏郎」という人は雲の上の人です。銀幕の中でしか観ることはありません。

三船さん主演の『用心棒』や『赤ひげ』『七人の侍』を観て育った人間です。その三船さんが目の前にいて、しかも雪かきをしているのですから、腰が抜けるほど驚きました。


そして入社してからというもの、三船さんがいつもそばにいるんですよ。こんな幸せがほかにあるでしょうか。

これは後から知ることになるのですが、三船さんという人は、「君、あれしなさい」「これしなさい」と部下に指示することは一度もありませんでした。どんなことも三船社長が自らされるんです。

当時、大スターと呼ばれる俳優には付き人が3人から7人はいました。付き人がその俳優の身の回りの世話を全部します。しかし、三船さんに付き人は1人もいませんでした。

スタジオには自分で運転して行くし、衣装も自分で着け、小道具も自分で準備していました。

そして三船さんは誰よりも先に現場に行く人でした。

1980年、アメリカで徳川家康をモデルにしたジェームズ・クラベルのベストセラー小説『Shogun（将軍）』を、ジェリー・ロンドンという監督が三船さんに「将軍役」を交渉してドラマ化し、後に映画にもしました。

その監督が驚いたんです。三船さんが誰よりも先にセットに入って、そして台本のすべてを覚えている。自分のセリフを覚えているのは当たり前ですが、人のセリフまで覚えて現場に入ってくる。

こういう俳優は今までハリウッドにも日本にもいませんでした。自分と相対する人の気持ちを察するために相手のセリフまで三船さんは覚えるんです。

たとえば、お付き合いで夜遅くまで酒を飲みます。その翌朝5時からロケ出発という日は我々は準備のために4時頃行くんですが、三船さんはもう衣装室にいます。しかもセリフを全部覚えています。その姿を見たら鳥肌が立ちます。

この三船さんの仕事に対する姿勢を見た東宝の俳優さんたちは、みんな三船さんを真似して台本を現場に持っていかなくなりました。

そして、このことは我々社員にとっても学ぶべきことでした。命令をしない。指示をしない。すべて自分で率先してやっていく。その姿を見ているから我々も命令される前に、指示される前に動くようになりました。

僕は13年間、三船さんに付きましたが、1日1日が本当に素晴らしく輝いていました。

女優さんにお花を贈ったら電話が掛かってきた

僕と映画との出会いは小学1年生の時でした。映画好きだった兄が僕を映画館に連れて行ってくれたんです。

最初に観たのは『シェーン』という外国映画でした。もちろん英語は分からないし、字幕も追いつけません。それでも僕はその映画を観て泣いた記憶があるんです。

なぜ泣いたのか分かりません。最後の「シェーン・カムバック」という名ゼリフはいまだに耳に残っています。

ディズニーの『バンビ』というアニメ映画にも涙しました。子鹿のバンビが父親の背中を見て育ち、最終的に父親のような立派な鹿になっていくという映画です。

それからの僕は映画の魅力に引き込まれていきました。映画は僕の「人生の教科書」になり、映画館は「教室」になりました。

たくさんの映画を観て、いろんなことを感じました。つまらなかった映画はひとつもありませんでした。そして好きな映画、好きな俳優さんをたくさんつくりました。

皆さんはテレビの「青春ドラマ」というのをご存知ですか？　のちに大ヒットしてシリーズ化されるのですが、その「青春ドラマ」のパイオニアが『青春とはなんだ』でした。

東宝の大スターだった夏木陽介さんが教師役で、この方が落ちこぼれの高校生を預かり、ラグビーを通して立派に成長させていくドラマです。

その夏木さんの相手役が東宝の大型新人、藤山陽子という女優さんでした。

当時、高校3年生だった僕は藤山さんの誕生日にお花を贈ったことがありました。あの頃は今と違って個人情報が公表されていました。自宅の住所も電話番号も。だからファンレターを自宅に出せたんです。

そしたら藤山さんから僕の家にお礼の電話が来たんです。たまたまその時僕は学校に行っていて留守だったのですが、おふくろが出て、それを聞いてびっくりして、すぐ折り返し電話をしました。

すると藤山さんが「家が近いから遊びにいらっしゃい」と言ったんです。即、行っちゃいました。

それからというもの僕は彼女にとても可愛がってもらいました。

当時、東宝は「東宝映画友の会」というファンクラブを作っていまして、僕は彼女の紹介でそこに入会させてもらい、その後、世話役をするようになりました。

大学を卒業する時に藤山さんを可愛がっていた東宝の宣伝プロデューサーの方か

ら、「明石君は三船さんのところに行ったらいい」と言われ、三船プロを紹介されました。

そこで僕は「世界のミフネ」といわれていた三船敏郎という俳優と出会うわけです。だから藤山陽子という女優と出会わなかったら今の僕はいないんですね。

あの時、藤山さんに誕生日のお花を贈っていなかったら、そして何よりもあの時藤山さんから電話をいただいていなかったら彼女のお宅にも行ってないし、僕の人生は全然違うものになっていたと思います。

すぐに行動する。素直に自分の気持ちを伝える。相手からどう思われるかを気にするより素直に思ったことを行動に移した結果が今日まで続いちゃったんですね。

藤山さんは7年ほど女優生活をし、その後結婚して芸能界を引退されました。

スターは演技力だけじゃない「存在感」を光輝かせる人

三船プロに入社後、新人の僕は1階の事務所の一番奥から2番目の席に座っていました。たまたま僕の隣の席は空いていました。

ある日、三船さんが突然、「3階の社長室に行くのは面倒くさい」と言って、僕の隣に来ちゃったんです。

事務所の雰囲気は一変しました。それまでワイワイやっていたのが、そこに社長が来ちゃったもんで、緊張せざるを得ません。でもそのことで僕は、より深く俳優「三船敏郎」という人を知ることができました。


たとえば、三船さんの机の上はいつも整理整頓されていました。三船さんが用事でちょっと席を離れる時も、机の上を整えて席を立つ。それまで乱雑に置かれていた書類もきちんと整頓され、椅子も机に入れて立って行かれます。

それを毎日隣で見ているんです。それまでいつも乱雑だった私の机の上は、三船さんの机のように変わっていきました。


映画でもなんでもそうですが、誰が自分を評価してくれるか、だと思うんです。三船さんは黒澤明監督と出会ったがゆえに「世界のミフネ」になりました。

元々三船さんはキャメラマンがやりたくて東宝を受けた人でした。ところがどういうわけか三船さんの書類がニューフェイス（新人俳優）の審査に回されて、そこで落ちるところを、山本嘉次郎という監督と、山本監督の助監督をしていた黒澤さんが「監督として責任を持つ」と東宝に言って、補欠で残った人でした。

役者志望ではなかったので最初から演技ができたわけではないんです。三船さんのあの演技力は人一倍努力を重ねた結果です。

そもそも役者と違って「スター」に求められるのは演技力だけではありません。「存在感」です。誰も持っていないその人の「存在感」がどれくらいスクリーンに光輝くか、なんです。

三船さんのデビュー作は、谷口千吉監督の『銀嶺《ぎんれい》の果て』という映画でした。脚本を書いたのが黒澤さんです。

黒澤さんは滅多に役者に惚れない人でしたが、その映画を観て与えられた役を見事にこなす三船さんの存在感に惚れ込み、その後、三船さん主演の初の黒澤映画『酔いどれ天使』ができるんです。

『銀嶺の果て』の撮影の時に驚くことがありました。

この映画は3人の強盗が雪山に逃げ込んで、追い詰められていくという物語なんですが、志村喬という往年の名優がその1人を演じています。

この方はもうお年で、歩いて雪山に登れない。だから山岳部の人が志村さんを背負って登りました。その時、三船さんはスタッフの機材を担いで、誰よりも早く登頂したのです。僕ね、人ってここだと思うんです。

映画も舞台もそうですが、仕事ってみんなで作るものです。監督、俳優、キャメラマン、照明、美術、大道具、小道具、衣装メイクなど、各部門のエキスパートがいます。その人たちが一つになってゴールを目指します。役者だから役者の仕事をすればいいんじゃないんです。

三船さんはいい作品を作ろうとする時、みんなと和を取ることをまず考える人でした。スタッフをいつも気づかっていました。

そういう三船さんに触れ、僕は三船さんが益々好きになっていきました。

役者として大事なことは顔やスタイルより人としての基礎

「子は親の背中を見て育つ」とよく言いますね。まさにこれです。三船さんは我々社員に「これしなさい」とか「あれしときなさい」と指示したことは一度もありませんでした。いつも率先して自分でやっていました。

だから我々社員は「社長にやらせてはいけない」と先回りしてやるようになっていきました。

そんな気持ちで仕事をやっていると、それが現場に還ってきます。ロケの現場が楽しくなり、いい作品ができるんです。

朝4時起きだろうが、ものすごい吹雪の中での撮影だろうが、楽しいんです。50人、60人のスタッフが気持ちをひとつにしてゴールを目指しているということが。

僕は学生時代に「東宝映画友の会」の世話役として、いろんな撮影の現場に行ったり、たくさんのスタッフさんと接してきましたが、その感覚は味わえませんでした。

三船プロに入社して、「三船敏郎」という俳優の背中を見て初めて分かったことです。やるべきことは何なのか。やらなければならないことは何なのか、が。それを「世界のミフネ」といわれた人が「背中」で教えてくれました。つまりそれは「自分の追究」です。

「人として」の自分はどうなのか、です。

役者の卵は演技や滑舌の勉強をします。それは当然です。いくらやっても偉くも何ともありません。それを怠っていたら役者になる夢なんかやめたほうがいいです。絶対成功しませんから。

社会人というのはどこの業界もキツいです。でも芸能界ほどキツいところはありません。なぜなら自分が「商品」だからです。自分の商品価値を自分で上げられなかったら、どんなに芝居がうまくても誰もその人を使いません。

今、役者を目指す若い人たちはこのことを分かっていない人が多いです。「自分には価値がある」と思い込んで芝居をしています。

自分の価値とは何か。それは「人としての基礎」です。美人とかスタイルがいいとか、そんなのは関係ない。人間としての基礎ができているかどうか、です。その基礎ができていなかったら次に進めません。

それが分からずに人のコネで運よく銀幕デビューしちゃう人がいます。その人にとってデビューした日が芸能界最後の日になると僕は思っています。

なぜなら周りの一流の俳優さんや監督さんは見抜くんです。つまり次の仕事が来ないということです。

人としての基礎というのは、家を建てる時の鉄骨と同じです。その鉄骨がなかったら、どんなに立派な家ができても、ちょっとしたことで崩れますよね。

つまり、「自分」という人間の形成です。

「自分の身体に鉄骨を入れる」とはそういうことです。そうすれば多少厳しい試練がやってきても崩れることはありません。

だから、自分自身を追究して自分の特性を探る。自分の素晴らしいところ、自分の個性です。そして、それを意識せずに、気負いもなく出せる人が一流の人です。意識すると自分に溺れてしまいますからね。

僕にとって「映画は教科書」であり、「映画館は教室」であり、「三船さんは先生」でした。これからも僕はこの三つから得たこと、感じたことを、夢に向かって努力している若い人たちに伝えていきたいと思っています。

明石渉（あかし・わたる）
日本大学芸術学部映画学科を卒業後、三船プロダクションに入社。宣伝広報兼芸能部長。三船敏郎担当。三船プロ制作の映画、及び海外進出作品の宣伝パブリシティを全て担当。その傍ら、新人の竹下景子、中野良子、かたせ梨乃らを世に出す。現在、「銀幕塾」塾長。

感性で生きる

日本ＢＥ研究所設立者　行徳哲男

日本人よ、野生の鴨たれ！

〈野鴨の哲学はやがてビジネスの世界でも実践された〉

私には、「野生の鴨」という、ちんけなあだ名が付いています。

「野生の鴨」とはどういう意味なのか。

ヨーロッパのデンマークという国にジーランドという大変景色のいい場所があります。

シェイクスピアの戯曲『ハムレット』の舞台となったクロンボー城がこの近くにあります。

そこに毎年野生の鴨たちが翔んで来ていました。

さて皆さん、野生の鴨というのは、どれほどの翔ぶ力を持っているとお思いですか。

アメリカ航空宇宙局「ＮＡＳＡ」が、気流の流れと、その強さを調べるためにニュージーランドから野生の鴨を翔ばしたことがあります。

鴨たちが１週間と７時間掛けて降りた場所は、北朝鮮と中国の国境を流れる鴨緑《おうりょく》江《こう》でした。

この距離、なんと１万２００キロです。

その間、鴨たちは一度も降りていません。寝ていません。食べていません。ただただ、その時間と距離を翔んだのです。

恐るべき力を持った野生の鴨たちが、そのジーランドの湖に翔んで来たわけです。

そこには大変人のいい老人がいました。老人は遠くから翔んできた野生の鴨たちに、毎日、おいしい餌を与えました。

鴨たちは渡り鳥ですから、一つの湖に住み着くことはしません。ある季節を過ごした後は餌を求めて次の湖へ翔び立ちます。

ところが、その鴨たちは考え始めました。

「こんなにおいしい餌がもらえるなら何も大変な苦労をしてまで餌を求めて次の湖へ翔び立つことはないじゃないか」と。

そして、鴨たちはジーランドに住み着くわけです。

〈太ったアヒルになったかつての野生の鴨たち〉

しかし、ある日、おいしい餌をくれた老人が亡くなるのです。鴨たちは食べる餌を失います。

そこで次の湖へ翔び立とうとしますが、どうしたことか、あの恐るべき野生の羽ばたきができなくなっていたのです。

ある日、近くの山から溶けた雪が激流となって、その湖へ流れ込んできました。ほかの鳥たちはすぐに翔び立って難を逃れますが、醜く太ってしまったかつての野生の鴨たちはその激流に押し流されてしまいました。

このたあいない野鴨の話は一つの哲学を生むきっかけとなります。


それが哲学者キェルケゴールの『野鴨の哲学』です。

背中に障害を持って生まれた彼は転地療養を兼ねて、青春時代をジーランドの湖の近くで過ごしていました。

そこで毎年渡ってくる野生の鴨が人間に飼い慣らされていくのを見つめながら、人間社会に警告を発する哲学を生み出したのです。


どんな警告か。それは「人間の悪は何から始まるか」であります。

キェルケゴールは「安住・安楽こそが最大の悪の根源だ」と言うんです。

つまり、「これくらいでいいじゃないか」とか、「こんなもんじゃないか」と思い始めたときが悪の始まりです。


ゲーテの言葉にも「安住・安楽は悪魔の寝床だ」とあります。

この『野鴨の哲学』を今から70年ほど前、ビジネスの世界へ持ち込んだ男がいます。IBM社を世界的大企業に育て上げたトーマス・ワトソンです。

彼はミシンとかカメラを売り歩く行商人でした。そのトーマス・ワトソンがこの『野鴨の哲学』に衝撃を受けます。当時、まだ少なかった社員たちに贈った言葉が「野鴨たれ！」でした。

その社員たちが後に３９００人になります。父の哲学を受け継いだ息子のトーマス・ワトソン・ジュニアは『３９００羽の野鴨たち』という本を記しました。

その本を読んでいた男がいました。スティーブ・ジョブズです。あのリンゴをかじった会社のロゴマークは、ハングリー精神を意味しています。「野生たれ！」ということです。その精神で彼はアップル社をつくるわけです。

〈日本にいた野生の鴨　中條高徳という男〉

これは海の向こうの話だけではありません。日本にも「野生の鴨」がいました。

戦前の話です。当時、日本には「大日本麦酒《だいにっぽんビール》株式会社」という、圧倒的なシェアを誇ったビール会社がありました。

ところが敗戦後、占領軍によって「過度経済力集中排除法」という法律が成立します。日本が再び力を持たないように財閥や巨大企業を分断していくわけです。

私がいた三菱商事は２００社に分断されました。

この「大日本麦酒株式会社」も真っ二つに分断されました。それが「サッポロビール」と「アサヒビール」です。

あの二つの会社は元々同じ会社だったのです。

分けられた二つのビール会社は40％ずつのシェアを持っていました。ところが、どっちもその大きなシェアにあぐらをかいて、みるみるうちに「野生」の感性を失い、「太ったアヒル」になってしまいました。

アサヒビールはシェアを10％ほどに落としてしまい、そこへサントリーが追い上げてきました。アサヒビールは倒産寸前まで追いやられたんです。

そんなとき、アサヒビールに「野生の鴨」が現れました。

『おじいちゃん戦争のことを教えて』の著者で、後にアサヒビールの副社長になった中條高徳《なかじょうたかのり》という人物です。

「スーパードライ」を引っ提げて、荒れ狂うビール業界に殴り込みを掛け、あっという間にサッポロビールに追いつき追い越しました。

そして、ビール業界のトップにいたキリンビールに追いつき追い越して、アサヒビールを業界トップの座に返り咲かせたのです。

そのとき、紛れもなく『野鴨の哲学』が厳然と生きていました。

今、日本人は「悪魔の寝床」に寝かかっています。

この「野生の鴨の教え」をそのまま日本人に当てはめるとそれがよくわかります。

ビジネスも政治も教育も相手をときめかせなかったら生き残れません

敗戦の瓦礫の中から日本人は頑張って、今日の経済的な大国をつくり上げました。その結果、住むところ、食べるもの、そして着るものの心配のない生活を送れるようになりました。

ところが、今、癪《しゃく》に障《さわ》ることが起きています。

日本人がお店でペットボトルの水を買って飲んでいるということです。

我々日本人は水に金を出すという発想はなかったんです。私は田舎で育ちましたから井戸水はいくらでも飲めました。下痢もしません。あんな美味しい自然の水が無料《ただ》で飲める国は世界の中で日本くらいでしたよ。

それから安全と平和。戦後の日本人は安全と平和が無料だと思ってきました。

ある外国人に、「日本という国をたった一言で言え」と言ったら、「美味しい水と、そして安全と平和が無料だと思っている世界の中でただ一つの民族、それが日本人だ」と言ってました。

美味しい餌に飼い慣らされて翔ぶ力を失ったあの「野生の鴨」のように、日本人が豊かな自然と平和をむさぼって一体何を失ったのか、です。

それが「氣」です。人間がかかる最悪の病気は「氣の喪失」だそうです。「氣」という言葉は皆さんよく目にされると思いますが、その意味もさることながら、依然として得体が知れません。

中国の道教によると、「氣集まれば生となり、氣散《さん》ずれば死となる」という言葉があります。まさに「氣」は命の源ということです。

もっとわかりやすく、私は「氣」をこういう言葉で説明しています。それは「ときめき」であります。

その人間が何にどうときめいたか、その度合いでどう生きたかが決まると私は思っています。

つまり、「ときめき」こそが「生」の証明なんです。

何かに触れて魂が揺さぶられたというような感覚があったとしたら、それが「ときめき」です。

経営者やビジネスマンになくてはならないものも「ときめき」でしょう。

私は経営のコンサルタントではありませんから難しいことはわかりませんが、この「ときめき」こそ、商いのすべて、いや、政治も教育も、この「ときめき」であろうと思っています。


原宿という街を、あのような若者文化の街にした男たちがいます。その1人がデザイナーの松本瑠樹《るき》（故人）です。

原宿の一等地にある豪華な私邸に行きました。すごい家の真ん中にボロボロのミシンがありました。それが彼の商いの原点です。

彼は貧しかったから学校に行けませんでした。社会に出て最初にした仕事は、そのミシンを踏む仕事でした。それで10万円のお金が貯まりました。それを元手に12年後、彼はなんとそれを240億円にしたんです。

「10万円がどうしたら240億円になるんだ?」と聞いたら、彼は言いました。

「私に関わり合う人は、お客さん、お得意さん、下請けさん、そして従業員さん、あるいは仲間や家族です。その人たちに、ドキドキさせるもの、ワクワクさせるもの、買わずにはいられないもの、行かずにはいられないもの、食べずにはいられないものを如何に提供できるか」

「そうせずにはいられないものをもってでしか10万円が240億円になることはありません。21世紀に生き残れるビジネスは『ときめき産業』です。人をときめかせる事業だけが生き残れます」と。


これはビジネスや商いだけの話ではありませんよ。政治もそうです。教育もそうだと思います。

本当の強さというのは優しさの中にしかないと、嫌というほど感じてきました

豊かさと平和に呆けてしまって、我々現代人は「氣」を失ってしまったというお話

をしましたが、もう一つあります。それは感性です。

中国では感性に「命」が付いて、「感性命《かんしょうみょう》」といいます。「命」が付くのは「感性」だけです。

「理性」や「知性」には付きません。つまり、理性や知性は、どれだけ磨いても命はつくれないんです。

それなのに我々現代人は、「理性だ、知性だ、論理だ、理屈だ」と、こんなものだけを身に付けて、そして結果的に命を失っています。


今から約40年ほど前、長野県の軽井沢は猛烈な寒さでした。その寒さの中で私は山に籠もっていました。

ある日、私は銃声を耳にしました。浅間山荘事件です。左翼組織「連合赤軍」のメンバー5人が「浅間山荘」という別荘に、管理人の奥さんを人質にして立てこもり、警察と銃撃戦になった事件です。

あの事件が一段落した後、「日本人にとって浅間山荘事件とは何だったのか」と、学者やマスコミがあの事件にメスを入れました。

そして出てきたのは、あの事件を起こした若者たちはもちろん、あの若者たちを育てた親たちまでが、「感受性微弱」という、現代病にかかっていたということでした。

つまり、感性が衰えていたということです。別の言い方をすると、「情弱」、情が衰えていたのです。


彼らの中には東大、京大などの一流大学の学生もいました。みんな高学歴の親に育てられ、頭のいい若者たちでした。

彼らは集団で行動していましたが、ある時、仲間割れし、「助けてくれ」と命乞いをしたにもかかわらず、仲間たち13人を次々に殺していきました。

彼らは頭でしか人間が見られなかった。だから、人の痛みを自分の痛みにできなかったのです。

人の悲しみを自分の悲しみにできないということが、人間にとって一番の不幸だと私は思っています。

かつて淀川長治《よどがわながはる》さんという映画解説者がいました。淀川さんは、次の週の予告をした後、「サヨナラ、サヨナラ、サヨナラ」と言って画面から消えます。ところが、画面から消えた後も淀川さんの言葉は私たちの心にジーンと残るんです。だからまた次の週も淀川さんの解説する洋画を見たいという気持ちにさせていました。

人の心にジーンと残す余韻とか余情は一体どうやって淀川さんの身に付いたのか。

実は、淀川さんにはある出来事がありました。サイン会でのことでした。サイン会が終わって会場を出ようとしたら、1人の小学生が握手を求めてきました。ところが彼は左手を出したんです。

外国では左手で握手を求めるというのは失礼なことです。

淀川さんはその子に、「ぼく、左手で握手を求めることは失礼なことだから、おじちゃんは君とは握手しないぞ」と言って、車に乗ったんです。

でも、ちょっと気になってふと窓の外を見ました。そしたら、その少年の右手はなかったんです。

淀川さんはすぐ車を止めて飛び降り、その子を抱きしめました。

「おじちゃんを許してくれ」と泣きながら謝りました。その子も泣き出しました。淀川さんは孫ほども違うその子を抱きしめながら一緒に泣いたんです。

この話の中に、私たちの大事な大事な忘れ物があります。


皆さん、子どもの時に歌った「足柄山の金太郎」の歌がありますね。あの歌の中に「気は優しくて力持ち」という歌詞があります。

「力」とは優しさだったんです。私は42年間、山の中でいろんな政財界のトップの人たちと会ってきて、嫌というほど感じてきました。

本当の強さというのは優しさの中にしかないということを。

「今、ここ」を生きる　そういう人間にしか希望の、明るい未来は来ない

今の日本は、「女性が強くなった」と言う人がいますが、そうじゃなくて、男が弱

くなり過ぎた。それは男に美学がなくなったんです。その美学とは何か。

アメリカにレイモンド・チャンドラーという作家がいます。ハードボイルドの作家です。

彼は『プレイバック』という小説の中でこう言っています。

「男たちよ、逞《たくま》しくなかったら生きていけねえぜ。しかし、優しくなかったら生きる資格がないぜ」


男の強さとは優しさだと言ったんです。

強さの中にある優しさを日本の男たちは今失いかけています。

そして、今の男たちは「一寸先は真っ暗闇」という状況をどう生きたらいいのかわからなくなっています。

多くの人が、今の「一寸先は真っ暗闇」という時代の面白さに気が付いていません。

こんな時代には面白さがあります。明日何が起こるかわからない面白さです。


仮に今日皆さんが過ごした時間と同じ時間を明日も送るとしたら面白いですか？

一寸先はわからない時代だから面白いんです。

ただし、こういう時代を生き抜くためには勇気が必要です。それが福沢諭吉の言った「獣の勇気」というものです。

皆さんは、人間だけが持っていて獣に全くないものって何かわかりますか？

一つは、思考です。獣には思考回路がありません。あるのは我々人間だけです。だからパスカルは、「人間は考える葦だ」と言ったんです。

しかし、考えて、考えあぐねて今のこの時代を生き残れますか。

そもそも考えて解決する問題がありますか？　一つもないです。問題を解決しようと思ったら行動するしかありません。

人間をして行動に走らせるもの、それが「感動」です。「感動」という言葉の語源は論語からきています。

「感じること、すなわち動くこと」です。しかし現代人は行動が鈍い。それは感性が鈍いからです。

物事を解決するのは行動だけです。「感じて動く」ことです。

ところが、頭であれこれ考えていたら動けなくなります。石を投げるとき、石はどこに落ちるかと、落ちる場所ばかり考えていると石が投げられなくなります。石がどこに落ちるかは投げてみなきゃわかりませんよ。すべては行動の結果なんです。

人間だけが持っていて獣に全くないもう一つのものは「時間」です。獣には時間の感覚がありません。

「昨日はよかった」なんて思っている獣はいないんです。獣には昨日もなければ、明日もない。あるのは「今、ここ」です。「今、ここ」がすべてです。

人間がうつ病になるのは「時間」があるからです。「明日の売上げはどうなるだろう」「明日、手形がどうなるか」「震災が明日来るんじゃないか」「日本はこれからどうなるだろう」

過去があり、今があり、明日がある。これを繋ぐのが時間の感覚です。今と明日を繋いで、あれこれ考えるから不安と憂うつになり、その挙げ句の果てにうつになるんです。

獣はうつにはなりません。時間の感覚がないからです。獣はいつも「今、ここ」の感覚しかないんです。

だから、「今、ここ」を生きるしかないんです。

皆さん、「今、ここ」を生きてみてください。何がわかるか。

未来というのは「今、ここ」の中にしかないということがわかります。

「今、ここ」の中にしか未来はないんです。

「今、ここ」を粗末にしている人間に、希望に溢れた明るい未来が来るはずがないんです。

だから私は「永遠の今」と言っているんです。「今がすべて」「ここがすべて」なのです。

徹底的な自惚れ屋になって「紛れもない私」を生きるステキな時代が見えてきます

感性とは何か。感性を言葉で表現したら、もうそれは感性じゃありません。しかし、私は感性を研究してきた人間として、一言で言えと言われたら、「紛れもない私」と言います。

感性が鈍い人間は「私」が不確かであり、「私」が不鮮明であり、「私」が粗末です。だから、感性で生きるということは「紛れもない私を生きる」ということなのです。お釈迦様が言った「唯我《ゆいが》」です。

皆さん、「唯我」を生きていますか？「私」を粗末に生きている人間は人を大事にしません。本当に人への思いやりがある人は、「紛れもない私」を生きている人だけです。

しかし、今、多くの人は自分を生きていませんね。人に見せる自分をつくって生きています。人に見せるための自分です。

「生」がすでに借り物です。「生」が粗末です。

だから、人の「生」を平気で踏みにじっていくんです。

大事なのは「今、ここ」にいる、「紛れもない私」を生きることです。


この「唯我」、「紛れもない私」を生きた方の1人に、松下幸之助さんがおられます。

幸之助さんの兄弟はほとんど若くして結核で亡くなっていますが、幸之助さんは94歳まで生きられました。

晩年、幸之助さんに妙な癖が出てきました。時々自分の手で頭をなでておられたのです。


ある日、側近の方が聞いたそうです。

「総代は最近頭をなでておられますけど、何かのおまじないですか?」と。

そしたら「いや、まじないじゃないんだ。実は、わしは小学校4年生しか行ってない。つまり、小学校の中退者だ。そんなわしがよくやったぜ。世界のブランド、ナショナルを創り、政経塾を創り、いろんなことをやった。そう思うと自分が可愛くてしょうがないんだ」

「まさか人になでてくれとは言えないじゃないか。だから、わしはわしの手で、『おめえ、よう頑張ったな』となでている、それだけだ」と。

ここに人生、生きることの真髄があります。

皆さん、とにかく自分に目覚めてご覧なさい。自分を確かめてご覧なさい。こんなステキな存在はないですよ。

そして、自分が大好きになることです。皆さん、徹底的な自惚れ屋になることです。自惚れというのは、悪いほうに取られます。

「あいつは自惚れて、いけすかん」とか。

しかし、自惚れのどこが悪いですか。「自分に惚れる」という意味です。自分に惚れることができない人間は人に惚れることはあり得ませんよ。

だから、自分を大好きになることです。それが唯我を生きるということです。唯我を生きてご覧なさい。こんなステキな時代はないですよ。

91年前、アインシュタインご夫妻が日本に来られました。北は仙台から南は門司まで旅をされ、最後は門司港から船に乗り、日本を離れていったのですが、その際、20世紀を代表する頭脳と感性の持ち主がこんな言葉を残しています。

「世界の未来は進むだけ進み、その間、幾度か争いは繰り返されて、最後の戦いに疲れる時がくる。その時、人類はまことの平和を求めて世界的な盟主をあげねばならない」

「この世界の盟主なるものは、武力や金力でなく、あらゆる国の歴史を抜き越えた最も古く、また尊い家柄でなくてはならぬ。…我々は神に感謝する。我々に日本という尊い国をつくっておいてくれたこと」を。

皆さん、日本人であることの誇り、日本人の良さを見失わないで、この時代の面白さを満喫してください。

行徳哲男（ぎょうとく・てつお）
1933年福岡県生まれ。成蹊大卒。労働運動激しき時代、衝撃的な労使紛争を体験し、「人間とは何か」の求道に開眼。69年渡米、Tグループの世界と出会い、米国流の行動科学・感受性訓練と、日本の禅や経営哲学を融合させたBE訓練（人間開発・感性のダイナミズム）を完成させ、多くの政財界人がそのセミナーに参加している。

第2章

教え（教育編）

発達に寄り添う子育て

児童精神科医　佐々木正美

子どもが望んでいるように愛していますか?
自分が望む愛し方を　していませんか?

子育てというのは最初がよければ大抵すべてうまくいきます。反対に最初がいろんな意味でつまずくと、発達に飛び級はありません。つまずいたら必ずそこからやり直しをしなければなりません。

乳幼児期に不足したことを思春期・青年期にやり直そうとしてもなかなかできないことが多いです。

その結果、その人は人生をいろんな意味で歪《ゆが》んだ状態で送らなければならなくなってしまいます。

こういう発達論を私は40年程勉強をしてきて、ある意味では人生は不公平なものだと思っています。特に、育てられ方の不公平さは非常に大きいです。

しかし一方で、その不公平さに立ち向かっていくというのも気持ちのいいものです。立ち向かっていくことで、ある程度、修正することができるからです。

「人生とは、ある意味、絶えず修正を繰り返しながら成熟していくものだ」と言った研究者もいます。

つまり、育てられ方が完全だったという人はいないわけです。程度の差はあれ、不十分さがあって当然です。

ですから、年齢や発達に寄り添う子育てをしていただきながら、その不足・不十分さを必要なときに補っていただければと思っています

〈子どもの年齢に応じた発達課題〉

これから年齢に応じた発達課題を順番に見ていきます。

まずは乳児期です。

乳児期の子どもを育てるときに大事なことは、「基本的信頼」を育むことです。「基本的信頼」とは、自分を育ててくれている人に対する信頼感です。実は、この信頼感の大きさが将来的には自分に対する信頼そのものになります。

相手を信じることと自分を信じることは表裏一体なのです。

ですから、人を信じる力は弱いけど自分に対して自信があるという人はいません。自信のない人は大概人を信じる力が弱いです。

まず赤ちゃんの時期に人を信じる力をしっかり育てられることが非常に重要です。その対象はほとんどの場合はお母さんです。自分のお母さんをどれぐらい信じることができるかが非常に重要なのです。

だけど、必ずしも絶対お母さんでなければならないということではありません。

たとえば、物心付いたら乳児院や児童養護施設にいたという人であっても立派に育っているケースはたくさんあります。

そういう人は、施設で関わってくれた看護師さんや保育士さんに対して「基本的信頼」をしっかり培うことができた人だと思います。

基本的にはお母さんですが、母親的な人でもいいのです

〈基本的信頼はひきこもり解決の鍵〉

先日も、我が子を虐待してしまう人から相談を受けました。実はその方自身が、自分の親から虐待されてきたのです。つらいことです。なんと不公平な連鎖でしょうか。

子どもを愛し、豊かに育てられる人というのは、自分が愛されて豊かに育てられてきた人なのです。

つまり、乳児期にお母さんを信じることができるということが極めて重要な発達課題なのです。

「基本的信頼」を乳児期にしっかり自分の中に育てることができた人は、希望を持って生きていくことができます。

反対に、「基本的信頼」を育むことができず、周囲の人に対して不信感のような感情を持ってしまうと、子どもは希望を持って生きていくことができなくなります。

このことを発達心理学者のエリクソンは「引きこもり（withdrawal）」と言っています。

今、日本の子どもや若者を見ていて、エリクソンが言った「引きこもり」ということの意味合いの深さを、強く感じています。

つい先頃、政府が公式な見解として、「今、国内で少なくとも150万人の人が引きこもっている」と発表しました。実際にはそんなに少なくないと専門家、臨床者の多くは言っています。

希望を持って生きられない、人を信じて生きていく力が弱い、そして、自分を信じる力が弱い、そういう人がたくさんいるのです。

私は引きこもりの若者や子どもに、臨床の場で数多く出会ってきました。

なぜ引きこもるのかというと、家庭や家族に対する強い否定的な感情を持っているからです。

そして、引きこもりの本質的な解決のためには徹底して信じることができる人を持つことです。それがお母さんであれば最高です。

乳児期の発達課題、「基本的信頼」が、引きこもりの解決にも大きな鍵を握っているのです。

〈無条件に愛されている実感を〉

基本的信頼を別の言い方で、「愛着形成（アタッチメント）」と言います。この愛着は子どもが望んだように愛されることで形成されます。

私たちは我が子を、子どもが望んでいるように愛せているでしょうか？　多くの大人は子どもではなく自分が望む愛し方をしているのではないでしょうか？

「夜泣きしない子になって欲しい」「早くオムツが取れて欲しい」「勉強は一番になって欲しい」「運動会のかけっこは一番になって欲しい」など。こういう気持ちが強ければ強いほど、子どもは「親から本当に愛されている」という実感は得られません。

そして、その子は親に愛着形成できなくなります。なぜなら、過剰期待の本質は「現状のあなたでは満足できませんよ」と言われているのと同じことだからです。

思春期・青年期の子どもが荒れることの背景に、この過剰期待があると言われています。

我が子でも教え子でも、純粋に相手のことを考えてどのような要求を伝えていけばよいかを考えなくてはいけません。

子どもは望んだように愛されたいのです。大人が望むように愛するのではないのです。

無条件に愛されているという実感を子どもに与えましょう。

そうすることで子どもは周囲の人を信じることができるようになるのです。

人間は人間関係を通してしか人間になれない 喜びを分かち合うことが人間の最高の喜びです

人間は孤立しては生きていけません。他者を認めてこそ人格を形成していけるのです。

罪を犯してしまう人は、他者と認め合うとか信じ合うという関係に恵まれていないわけです。だから孤立してしまうのです。

人を信じることができるようになると、自分を信じることもできるようになり、その結果、不幸な犯罪に走る人はいなくなります。

つまり、人間は「社会的な存在」であることを運命付けられて生まれてくるのです。「社会的な存在」というのは、社会の中で豊かな人間関係を持ちながら生きる存在のことです。


極端な話をしますと、幼稚園や学校などに全く行かずに、優れた家庭教師を雇って、ものすごい秀才になったとしても、人格が全く形成されていないのです。

皇室のお子様が国民と同じ学校に行くのも同じ理由です。

人間は人間関係を通して人間になるのです。他者との関わりなしには人間にはなれないのです。他者という存在が非常に重要な役割を果たしているのです。

「他者」といってもいろんな他者がいます。まずはお母さんとの関係です。

「抱っこして欲しい」「お腹が空いた」「おっぱいが欲しい」という赤ちゃんの本能的

な欲求にどれくらいピッタリとお母さんが同調できるか。

それが赤ちゃんが人間になっていくために非常に大切です。

赤ちゃんの本能的な欲求を表現しているのは大抵泣き声です。

その泣き声を聞いてお母さんは、「この泣き方はお腹が空いたんだろうな」「この泣き方は寂しいんだろうな。甘えたいんだろうな」「この泣き方はオムツが濡れたかな」と聞き分けるわけです。


試行錯誤を繰り返しながら、その本能的な欲求に同調していくことを繰り返していくと、だんだん上手になっていきます。

そうやって大人が上手にできるようになると、やがて赤ちゃんのほうから視覚や聴覚を使って大人に関わりを持とうとしてきます。

最初は無意識、それがやがて意図的に条件を付けながらやるようになっていくのです。


たとえば、赤ちゃんは生後1、2か月ほどでほほ笑みの交換を始めます。赤ちゃんの顔をのぞき込みながら笑いかけると、赤ちゃんは笑顔を返してきます。

赤ちゃんが生後2、3か月になると、「お母さんにここにいて欲しい」と要求するようになります。お母さんが用事があってその場を離れようとすると、泣いて引き止めようとし、用事を終えて戻ってくると機嫌を直します。

やがて3、4か月頃になると、ただお母さんがそばにいるだけでは満足しなくなり、自分が望むこと、喜ぶことをして欲しいという要求を表現するようになります。


さらに4、5か月になってくると、自分が望んでいることをお母さんも喜びながらして欲しいという贅沢な要求になります。

別の言い方をすると、一緒に喜びたい、喜びを分かち合いたいということです。

この「喜びを分かち合う」ということは人間の最高の喜びなのです。

そして、思いやりとか共感の感情は喜びを分かち合う経験の中から育っていきます。

いろんな人たちと喜びを分かち合い、感情を共感しながら日々過ごした子どもは、情緒の発達が豊かになり、自己形成、人間的な内面の成長は加速していきます。

ぜひこういうことを意識して子育てをしてください。

乳児期の「基本的信頼」が喜びを分かち合い、悲しみを分かち合う根っこになる

人間というのは、人間関係の中でしか人間になれないというお話をしました。ですから、どういう人と、どのようなコミュニケーションを取るかが重要です。

その際、最も大事なことは、その人間関係を通して、誇りを持てる自分を形成していくこと、豊かな自尊感情、自己肯定感を持つことができるようになることです。

皆さんも私も、それなりに自尊心や自己肯定感を持っていると思います。それが持てなかったら、何かに向かって努力することはできませんし、日々生きていくことすらできないからです。

私たち人間は、自己肯定感に支えられて生きているのです。自己肯定感がないと、自分が存在する意味がないんです。それくらい大事なものなんですね。

そして、この自己肯定感・自尊感情は、相手と喜びを分かち合うことによって育む

ことができるようになります。

さらに、喜びを分かち合う経験を通して悲しみを分かち合う感情も発達してきます。喜びを分かち合う感情をしっかり育てられることなしに、他者と悲しみを分かち合う感情は育たないのです。

そして、他者と悲しみを分かち合う感情がなかったら思いやりの感情は育たないのです。


今、日本の小・中学校には全国的にいじめの問題があります。

いじめとは、相手に悲しみを与えて喜ぶということです。

いじめっ子たちには相手と喜びを分かち合う力がありません。

本来、人間というのは相手に喜びを与えて、喜びを感じることができるものです。


たとえば、スポーツ選手は自分のプレーが観客に感動を与えることが喜びです。

その喜びを味わうために、過酷な練習に耐えられるわけです。スポーツだけでなく、音楽にしろ、何にしろ、相手に感動や喜びを与えることが私たち人間にとって喜びなのです。
たとえささやかな月給なり、ボーナスでも、それをもらって会社から帰り、家族にそれを差し出す。それが喜びなのです。相手に喜びを与えることが喜びなのです。

同じように相手を悲しませることが自分の悲しみです。喜びと悲しみは表裏一体なのです。

けれどもこれは、相手に喜びを与えることが私の喜びだという経験を豊富にすることによって後から発達してくる感情です。悲しみを分かち合える思いやりの感情は後から発達してくるのです。

喜びを分かち合う力は、まず乳児期から早期幼児期にかけて豊かに発達します。家庭で喜びを分かち合う体験がなかったら、子どもには他者と喜びを分かち合う感情は育ちません。

そして、悲しみを分かち合う感情はもっと育ちません。
悲しみを分かち合う感情が育たないまま大きくなっていったときに、友だちをいじめて楽しむという、非人間的で卑劣な行為をするようになるのです。

なぜそういう卑劣な感情を持つ人がいるのかというと、乳児期から早期幼児期にかけて、「基本的信頼」を獲得することができなかったからです。その時期にそれを獲得できないと、その後の人生の色合いが全く違ってきてしまうのです。

子どもには何よりも人間的な交わりをすることができる力を育ててあげることが大事です。

その根っこが、乳・幼児期の「基本的信頼」なのです。

人間は、社会の中でコミュニケーションを取りながら人間関係を営みながら生きる存在です。

それを英語で「ヒューマン・ビーイング（Human being）」と言います。

その深い意味をどうぞお酌み取りください。

しつけを上手にするコツは「待つ力」です。「早くしなさい」と言わない。できるまで待ちましょう

乳児期の次は幼児期。ここで言う幼児期は、乳児期が終わって幼稚園へ入る前くらいまでです。

この幼児期に育てられるものは自律性です。皆さんにも自分を律する力・自律性があって、普段自分を律しながら振る舞っていると思います。

この自律性は幼児期の前半にしつけを通じて最も豊かに育ちます。しかも、基本的信頼がしっかり育っていればいるほど自律性は育ちやすいです。

自律性を育てるのが上手な人はしつけが上手にできる人です。そのポイントは「待つ力」です。

「待つ力」のない人は「早くしなさい！」「まだできないの！」「何度言えばわかるの！」と口癖のように言っています。

「何度言えばわかるの」なんて最悪の表現です。何度言ったってわからない子はわか

りません。わかっていてもできない子もいます。

だから、待っていてあげることが大事なのです。

待ってあげることで子どもは自分で自分の衝動をコントロールできるようになります。自分で決めさせてあげることが重要なんです。

子どもをコントロールしようとすると自律性は育ちません。

子どもに対して怒りや攻撃などの衝動的な感情を抑えられない人、些細なことでカッと怒る人は子どもの頃に、「早くしなさい」「まだできないの」「何度言えばわかるの」という言葉を繰り返し言われてきて、待ってもらえなかった人だと思います。

相田みつをさんの詩に、「待っても無駄かもしれない。それでも私は待つ」というものがあります。

大切なことは、できるようになるまで繰り返し穏やかに言ってあげて待つことです。

1歳の終わりから2歳にかけて、子どもは視覚的な自他の区別ができるようになります。「これは自分、あれはママ」と。

それができるようになると二つの役割が発生します。自分はこうする、相手はこうしてくれる、と。こういう感情が分化してきて、相手を尊敬する感情ができてきます。

そのプロセスの初めのうちは、お母さんが笑うから自分も笑うという受動的なものですが、だんだん子どもから笑いかけてお母さんの笑顔を誘発するようになっていきます。主体的な行動を取るようになるのです。

もっと言うと、おままごとの前触れで二つの役割を子ども一人でやるということがあったりします。

具体的にはこんなことがあります。

ハイハイをする子どもをお母さんが真似て、後ろから上手に速度を加減しながらハイハイで追いかけるんです。そうすると子どもは意欲的にハイハイするようになります。

そして、程々のところで今度は役割を代わってあげて子どもに追いかけさせてあげて、お母さんはハイハイをして逃げる。これが上手な育て方です。役割を交代してあげることが大事なのです。

役割を交代することで他者に対する認識ができていきます。これは社会の一員という認識の元になり、子どもがもう少し大きくなったとき、鬼ごっこやかくれんぼといった遊びができるかどうかにつながっていきます。

自分だけではできないし、相手だけでもできない遊びを、自分と他者が役割を交代しながらやるというのがとても重要なんです。

こういうことを通じて人間は衝動の抑制を学ぶのです。そして、人間社会に豊かに適応できるようになっていくのです。

子どもは遊びの中で、自分の中に他者を持ち、社会的人格が育っていく

幼児期において遊びというのはとても重要です。自分の中に「他者」が芽生えて、社会的な人格の確立、形成が始まるからです。

逆に、この時期に社会的な人格が育たないと、自分の中に「他者」がないわけです

から、いじめとか、傷害事件、引きこもりの原因になってしまいます。

幼児期の前半に、お父さんお母さん、おじいちゃんおばあちゃん、ご近所の人など、多様な人との情緒的な交流が豊かにできると、「他者に対する安心感と信頼感」が得られ、それが「自分に対する安心感と自信」に繋がっていきます。


何かがよくできるから自信があるのではないのです。

勉強できる若者が自信を持って生きているかというと、絶対違います。勉強ができた少年・少女の引きこもりというのは非常に多いです。

他者との情緒的な交流によって安心感と信頼感を得ることができると、結果として、自分に対する安心感と自信を持てるようになります。自己の中に「他者」を積極的に受け入れることによって、「自分」というものが確立してくるわけです。


幼児期、つまり、幼稚園に入る前の時期は「自律性」、すなわち、自分で自分の衝動を自制する力を育てる時期なのです。

幼児期の次は児童期です。これはだいたい幼稚園時代のことです。この時期に「積極性」や「自主性」が育ちます。

ここで一番重要なのは「積極性」や「自主性」は、友だちとの遊びで発達するということです。

これまでのように独り遊びや身内の人との関係だけではなくて、友だちとの関係がとても大切になってきます。それも「遊びを通じて」というのがポイントです。

探索心、実験心、創造する心も、この時期の遊びから目立って発達を始めます。そして、その発達は次の学童期の発達に繋がっていくのです。

遊ぶためには、お互いに役割を演じ合わなければいけません。役割を演じるためには仲間の承認を得る必要があります。

仲間の承認を得て役割を得たら、役割に添った責任が生じます。その責任を果たすために努力をしなければなりません。

その努力によって喜びが大きくなるのです。

遊びで喜びを共有することによって、子どもの心の中には共感的な感情が発達します。

今、現代っ子に非常に不足がちなのもこの他者との共感です。

共感とは、簡単に言えば、喜びを分かち合うとか、悲しみを分かち合う、慰め合うということです。

友だちとの遊びで一番豊かに育つのは共感性です。これが倫理観や道徳観の発達に繋がっていくわけです。

これは、学校で教科書を使って教えられるものではありません。友だちとルールのある遊びをすることによってしか身に付かないのです。

しかし、遊びがこんなに大切だということは理解されていません。遊びは勉強や仕事の正反対の概念だと思われているからです。

ですから、「友だちといい遊びをしっかりしなきゃダメよ」と言いながら子育てをしている親は非常に少ないです。

子どもの遊びというのは、倫理観や道徳観を育てます。倫理、道徳の欠落の原因の一つが、この遊びの不足です。

幼稚園から小学校1、2年生くらいまでの数年間の遊びがとても重要です。

佐々木正美（ささき・まさみ）

1935年群馬県生まれ。児童精神科医。ノースカロライナ大学医学部精神科非常勤教授。新潟大学医学部卒業後、東京大学精神科、ブリティッシュ・コロンビア大学児童精神科、小児療育相談センターなどを歴任。糸賀一雄記念賞、保健文化賞、朝日社会福祉賞などを受賞。著書に、『子どもへのまなざし』（福音館書店）、『あなたは人生に感謝ができますか？』（講談社）、『自閉症のすべてがわかる本』（講談社）など多数。2017年、81歳で死去。

自分大好きの育て方

（株）しちだ・教育研究所 代表取締役／七田式主宰　七田厚

親は、子どもの人生の「単なる脇役」ではなく「とても大切な脇役」です

先日、本を読みましたらショッキングな数字が出ていて驚きました。

「自分は価値ある人間だと思うか？」という質問を日本の高校生にしたところ、「そう思う」と答えたのは「36・1％しかいなかった」という内容でした。

一方、アメリカの高校生で「はい」と答えたのは「89・1％」、中国の高校生は「87・7％」、韓国の高校生は「75・1％」で、日本だけが圧倒的に低かったという結果が出たそうです。

さらに、「自分には価値がない」と答えた日本の高校生は「16・7％」、6人に1人

の割合でした。

対してアメリカの高校生は「3・2%」、中国の高校生は「1・8%」、韓国の高校生は「4・3%」でした。どうして日本の若者たちはこのように自己肯定感が低いのでしょうか?


国民性とか習慣とか子育ての仕方とか、いろんな影響があるのだろうと思いますし、「言わなくてもわかる」とか、そんな以心伝心みたいな文化も影響しているのかもしれません。

いずれにしろこれは大きな社会問題で、国家レベルで考えるべき深い問題だと、私は思っています。


私自身子どもが3人いるのですが、その子育てを通しても自己肯定感については思い当たる節があります。

やはり長男に一番厳し過ぎたかなと思いますし、初めての子育てで「しっかりしつけなきゃ」と肩に余計な力が入り過ぎていた気がします。

ある日、父（七田眞）が書いた本を読んでいたら、「子どもをもっと認めなさい」「もっと褒めなさい」と書かれてあったので、私も子どもを褒めてみました。

ただ、自分でも「歯の浮くような褒め方だな」と感じましたし、子どもも「そんなことないよ」って顔色一つ変えずに応えました。

「褒め方もまずかったけど、そもそも日常的な接し方がよくないんだな」と思い直し、それからいろんな改善をしていきました。

大事なことは、どんなときに親が怒るのか、あるいは褒めてくれるのかを、子どもがしっかり知っておくようにすることです。それがないと子どもは親の顔色ばかりを伺って行動するようになってしまいます。


七田家の居間には、父が書いた「四つの言葉」が貼られていました。

「わがまま」「いじわる」「うそ」「はんこう（反抗）」です。これがうちの両親が子どもを叱る基準でした。

子どもがやっていることがわがままから出ていたり、誰かへの意地悪だったり、ウソだったり、親への口答えだったり、「その四つに該当するときには叱る」ということなのです。

これは子どもにとって「これ以外のことでは叱られない」ということですので、非常に大きな行動の指針になりました。


これがあったおかげで私は幼児期にほとんど叱られることなく過ごしました。特に父には一度も叱られたことがありません。

大学時代はいろいろあり、注意されたことはありましたが、子どものときにはこの「四つの言葉」のおかげで、「親の顔色を見る」ということをしなくて済みました。


うちの長男は叱られたあと、「お父さん、ちょっと来て」と僕を玄関まで引っ張っていったことがありました。彼の指さす方向を見ると、家族の靴の向きが全部揃っていました。

「これはあなたが揃えたの?」と聞くと、「そうだよ」と答えるんです。

「それは偉かったね」と彼はそこで褒められるわけです。叱られた直後に褒められることをすることで、叱られたマイナスと褒められたプラスで気持ちをリセットできたようです。それは彼なりの処世術だったと思います。

もう一つ、似たようなことをやっていました。それは「叱られた後に幼児用のプリントをやる」ということでした。

「お父さん、プリントやったからマル付けして」と持ってくるんです。100点だと花マルをしてあげるので、彼はまたそれで喜んでいました。

結局子どもというのは「何をしたら褒められるか」「何をしたら叱られるか」ということが分かっていて、できるだけ「褒められたい」と思っているのです。

ただ親のほうは「叱ることがしつけになる」と思って、指導のほうばかりに意識が行くので、そういった部分から変えていく必要があると思います。

できるだけ親は、子どもの自己肯定感を高めていくような言葉をかけていく必要があります。

たとえば、ご自身が子どものときのことを思い出し、お父さんにどういう言葉をかけられてうれしかったか、お母さんにどういう言葉をかけられて心が晴れやかになったか、そんなことを思い出していただきたいのです。

その言葉は、たとえご両親が亡くなった後でもずっと残っていると思います。

うれしい言葉をたくさん言ってくれた親だったのか、ダメ出しばかりする親だったのか、そのどちらの印象が残っていくかで、その後の人生に与える影響はとても大きいです。

七田家では、「中学を卒業したら親元を離れて高校に通う」というルールがあります。私も隣の県の高校に進学し、寮生活をしましたので、時にはホームシックになることもありました。

そんなときに思い出したのが、「あのとき、お父さんはこんなこと言ってくれたなぁ」とか「お母さんはあのときこう言ってくれたなぁ」という言葉で、それが私の生きる力になりました。

このようにいい言葉を子どもたちの心の中にぜひ残していってあげて欲しいと思います。親が子にしてやれる一番のことは子どもを勇気付ける言葉、エールを送ることです。

子どもの人生にとって親は「脇役」です。でも、「単なる脇役」ではなく、「とても大切な脇役」です。子どもの夢をしっかりと応援する親であってほしいと思います。

現実の厳しさを教えるという意識もたしかに大切です。でもそれは必要最低限でいいのです。それ以上に、「その夢の実現のためにはどんなことが必要か？」を子どもと一緒に考え、それを最大限サポートすることのほうが大切なのです。

日常の様々な出来事を通して、父は子どもを教育する機会をつくっていた

「子どもの頃、父・七田眞からどんな言葉をかけてもらったかな？」ということを思い出してみると、私にもいくつかのエピソードがありました。

私の兄は4歳のときに亡くなりました。私の三つ下には妹がいるのですが、私は一人遊びをしていることが多い子どもでした。

ですから父は、私の世界を広げようといろんなところに連れていってくれました。

わが家は両親とも車を運転しませんでしたので、父の用事があるとき、私たちは歩いて出掛けました。

小学校低学年のときのことです。「銀行に行くからあなたも来なさい」と言われ、二人で歩いて行きました。

銀行で父の用事が終わり、家に帰る途中、私は道端でお札を見つけました。それは二つに折りたたんである2枚の100円札でした。

ちょうど目の前に横断歩道があって、その向こう側に交番がありました。

「こういうときは交番に届けるんだよ」と言って、父は私を交番に連れて行きました。

そして、「これはあなたが見つけたんだから、あなたが書きなさい」と私に拾得物の届け出の書類を書かせました。

お巡りさんが、「半年待って落とし主が現れなかったらあなたに差し上げます。そのときはまた来てくださいね」と言われました。

結局、半年間、届け出た人がいなかったようで、ある日家に帰ると、父に「警察から連絡があった。今から交番に行こう」と言われ、また一緒に行きました。

200円を受け取り帰り始めたとき、父がこう言いました。

「これはあなたが見つけたお金で、半年経ったので晴れてあなたのものになったけど、お父さんから一つ提案がある。このお金にもう少しお父さんのお金を足して、本立てを買ってはどうだろう？　そしてそれをあなたの学校のクラスに持って行き、『私が拾ったお金とお父さんのお金で本立てを買ったので、皆さんで使ってください』とプレゼントするのです」

私は、「せっかく200円もらったのに…」とちょっぴり思ったのですが、みんなの喜んでくれる姿が思い浮かんだりもしたので、「…ま、それでもいっか」と思い、お金を父に渡しました。

次の日、私が事情を話して先生に本立てを渡すと、先生はホームルームのときに紹介してくれました。とても照れ臭かったのを覚えています。

父は、日常に起きた様々な些細な出来事を通して、子どもを教育する機会をつくっていたんだなと今になって改めて思います。

私が親になって子育てを始めたとき、父に相談に行ったことがあります。これも父が亡くなってから思い出したことですが、父は「子育てで困ったときは絵本を使えばいいんだよ」とアドバイスしてくれました。

皆さんは、『羊飼いとオオカミ』の話をご存じかと思います。退屈だった少年が「オオカミが来たぞ」と町の人々にウソをつきまくっていたら、本当にオオカミが来たとき、一生懸命「オオカミが来たぞ～」と叫んでも周りの人たちは信用せず、誰も助けてくれなくて、結局その少年はオオカミに食べられてしまうというお話です。

こんなお話を子どもにしてあげることで、「ウソばかりついていると、いざというとき、大変なことがあっても誰も助けてくれなくなるんだよ」ということを子どもに伝えることができるわけです。

絵本を読み聞かせたあとはお子さんの消化する力を信じてください

人間の脳というのは、「実際に起こったこととイメージしたことを区別しない」という性質があるそうです。

絵本を読んでいるときって子どもはその状況を頭の中でイメージします。いろんな話を聞いたときも、子どもの頭の中ではそういうストーリーをあたかも自分が実際に体験したかのように、脳にインプットされていくのだそうです。

昔は兄弟が5人も6人もいたので、お兄ちゃんや妹など他の兄弟の体験談を聞いて、自分の人生に生かすこともできたのですが、一人っ子だとそういう機会は少ないので経験が乏しくなりがちなんですね。

この間、大人の方で、「私、ケンカもあまりしないんですけど、仲直りもしたことがないんです」と言われた方がいらっしゃいました。

それはやはり経験が足りないからだろうと思い、「仲直り」をテーマにした本を作りました。

いろんな本を読むことで、一人ひとりの子どもの人生経験が豊かになるんです。「こういうときにはこうすればいいんだな」と絵本を活用しながら人生経験を豊かにしていくことができるのです。

ただ、一つ注意していただきたいことがあります。それは、絵本の読み聞かせが終わったあとに、「ねぇ、わかった？　あなたもこういうところがあるからちゃんとこうするのよ」と自分の要望を付け足さないということです。

それをしてしまうと、子どもは「せっかくそうしようと思っていたのにお母さんに言われたからもうしない！」と怒ってしまうことがあります。

ですから、あくまでもシンプルに「いいお話だったよね」で終わって、あとはお子さんの消化する力を信じてあげてください。

冒頭で日本の若者たちがどれだけ自己肯定感を持っているかについてお話しました。

この自己肯定感を高めるための第一歩は、「親の愛を子どもに伝える」ということです。

愛がしっかり伝わっていない子どもは、「どうせ私なんて…」「どうせ僕なんて…」と、自己否定をする言葉が出てくるようになります。

子どもの口からそういう言葉が出てきたり、親が悩むような問題行動を起こしたりするときは、「私の愛はまだしっかりと伝わっていないんだ」と感じていただくといいのかなと思います。


マーケティング会社「ハー・ストーリー」の日野佳恵子《ひのかえこ》社長がうちの田舎で講演をしたことがありました。

「日本の女性社長100人」にも選ばれたことのある日野さんは、私と同じ島根県の江津市出身です。

日野さんは仕事が多忙を極めるなかで、娘さんの子育てもされています。そのため、時々娘さんを社員の方々に預かってもらい、出張に出られたりしていました。

その娘さんが高校1年生のとき、社員の方が「お母さんが忙しくてしょっちゅう預けられているけど、寂しくない？」と聞いたそうです。

すると娘さんは、「ううん、全然寂しくないよ。だってお母さんは私のことが大好きだから」と答えたそうです。

この話には舌を巻きました。子どもが確信を持ってそんなことが言えるってすごいですよね。

日野さんはほぼ毎日家を空けていて、お子さんと一緒にいられる時間も多くないはずなのに、なぜ彼女の娘さんは自信満々でそんなふうに答えることができたのでしょうか？

愛が伝われば、右脳の働きも活発になるので自然と学力は上がります

しょっちゅう家を空けているにもかかわらず、日野さんの娘さんが自信満々で「お母さんは私のことが好き」と言えたのはなぜか？

実は、日野さんは日本中どこにいても必ず夜8時頃になると娘さんに電話をして、「今日学校でどんなことがあった？」と娘さんの話を聴いていたんですね。

それは娘さんが小学生のときからずっと続けていた習慣だそうです。ただ高校生にもなると子どもの自我も確立してきますので、電話をかけても「今日やることがあってちょっと忙しいの。だから切るよ」と切られたりもされたそうです。

しかし、それまでの間に娘さんにはしっかりと愛が伝わっているので大丈夫なんですね。

「愛を伝えるということはとても大事な行為なんだな」と思ったエピソードでした。

子どもに愛を伝える方法は三つあります。

一つ目は「スキンシップ」。赤ちゃんであれば、抱っこするとか、なでてあげるとか、いろんな形のスキンシップがあります。

これは肌刺激だけではありません。優しい目で見つめるとか、優しい言葉をかけるとか、「直接的に優しく接する」ということはすべてスキンシップなのです。

これによって子どもに「自分はお母さんに大切にされている。お父さんに大切にされている」という思いが伝わります。

二つ目は、「話を聴いてあげる」ということです。

子どもが大きくなっていくと、手をつないだりするスキンシップが難しくなります。そのときに有効なのがこの方法です。

子どもの一日について興味を持ち、「今日どんなことがあった？」と聴いてあげる。「お母さんは私の話をたくさん聞いてくれた」ということが子どもにとっての安心感になり、愛を感じることに繋がります。日野さんはまさにこれをやられていたのでした。

三つ目が「絵本の読み聞かせ」です。わが家でも、子どもを叱らなきゃいけない場面があります。以前、子どもを叱ったあと、寝る時間がきたのでその前に絵本を読んであげたことがありました。

そうすると、それまでは叱られたことでムスッと機嫌悪そうにしていたのですが、絵本を読み進めていくうちに機嫌が直り、笑顔になって眠りについてくれたことが何度かありました。

「なんで叱られるんだ！」という消化しきれない気持ちのまま寝るのと、絵本の世界に浸ってハッピーな気持ちで寝るのとでは、当然ながら大きな違いがあります。

そういうリセット効果も含めて絵本の読み聞かせの時間は大切なのです。

「自分は親から愛されている」という自信がつくと、自己肯定感は高まります。

自己肯定感が高まると、それがあふれて周りの友だちや動物、植物に対しても優しくでき、愛が外に向かっていくんです。

自分自身が愛で満たされていなければ愛はなかなか外には向かわないのです。

愛が伝わると右脳の働きも活発になります。すると右脳の力も発揮されるので学力も向上します。親が子どもの成績を上げさせようと焦り、愛を伝えないまま「勉強しなさい！　勉強しないと大変よ」と恐怖感を与えて勉強させようと煽《あお》ると右脳の働きが悪くなり、かえって学力が上がりません。

ですから七田式では、「子どもを賢くする」ということ以上に「人間性を豊かにする」

ことを大事にしながら、「しっかり愛を伝える」ということをやっています。

子どもに親の愛を伝えるためには「たかかひがそ」がポイントです

最後に「子どもに愛を伝える上で大切な六つのポイント」をお伝えします。それは「たかかひがそ」です。

最初の「た」は「短所を見ない」です。子どもの短所を見ずに長所を伸ばしていくということです。

子どもは、親からいいところを褒められると、自分でもそこを伸ばそうと積極的に取り組むようになります。すると自然に短所が隠れたり、いろんなことに自信がついて、苦手なこともできるようになります。

次に「か」「か」と二つ並んでいますが、一つ目は「過程」です。

子どもの今の姿は、3歳は3歳なりの、10歳は10歳なりの「成長の過程」です。

ですから、今できていないからといって子どもを否定するのではなく、「まだまだ成長するんだ」という確信を持ち、温かい目で見てあげてほしいと思います。

もう一つの「か」は「完全主義で育てない」です。心の余裕を少し持っていただきたいのです。

わが家でも2人目の子どもまではある程度納得のいく子育てをしていましたが、3人目ともなると完璧な子育ては難しかったです。

あるいは、1人っ子のご家庭でも「意図的に完璧を目指さない」ということがうまくいく一つの方法だと思います。

「ひ」は「比較の仕方」です。「お兄ちゃんはできるのに」とか「お姉ちゃんはできるのに」と、兄弟やいとこと比較してはいけません。保育園の友だちや学校の友だちとの比較もダメです。

できる子どもはそれが得意だからできるのです。逆にできない子は不得意だからできるまでに時間がかかるのです。

だから、わが子とその子を比べてもそんな比較は全く意味がありません。

比較をするなら、その子自身の3か月前や半年前など、かつての姿と今の姿を比較してください。

そうすると、「あ、そうか！　半年前はまだ字が読めなかったのに、今は読めるし、書けるものも出てきたよね」と、その子自身の成長に目を向けて、プラスの言葉を掛けてあげられます。

そして、「が」は「学力中心で育てない」です。

これは私の妹が中学生のときの話です。

期末テストを迎えると、テスト前1週間は部活動も休みで、どの生徒も試験勉強に集中します。

彼女はお茶やお花を習っていて、その先生から「お稽古事は休んだらダメ。たとえ試験を控えていてもいらっしゃい」と言われました。そこで、妹は父に相談しました。

妹が「先生が休ませてくれないから、お父さんから頼んで」と言うと、父は「それは先生の言う通りだ。今回のテストの結果が悪くても怒らないから、あなたはちゃんとお茶とお花のお稽古に行ってきなさい」と言って、稽古に行かせたそうです。

私も父の意見に賛成です。やっぱり大事なことは「人間としていかに生きるか」です。

知識が身に付くとか計算ができるとか、そんな学問の部分は、木で例えれば「枝葉」の部分です。「幹」になる部分は、「人間力」である「人間としていかに生きるか」ですから、学力中心で育てないことが大事です。

そして、「人間力が付いてくれれば学力も自然に付いてくる」と、そんなふうにお考えいただければと思います。

最後の「そ」は、「そのままのあなたでOK！」です。「○○ができたから、私たちはあなたを愛するのよ」という条件付きの愛ではなく、無償の愛です。

「あなたの存在そのものがお父さんとお母さんは嬉しいんだよ」ということをしっかりと伝えながら子育てをしていただくと、子どもに自然と愛が伝わっていきます。

七田厚（しちだ・こう）

1963年生まれ、東京理科大学理学部数学科卒業。右脳の力を引き出す七田式幼児教育の提唱者・七田眞氏の次男。七田式主宰。現在、七田式幼児教育の教室は全国220か所以上、海外にも広がっている。著書は、『忙しいママのための七田式「自分で学ぶ子」の育て方』（幻冬舎）、『お父さんのための子育ての教科書』（ダイヤモンド社）など多数。

人生に悩んだら日本史に聞こう

(株)ことほぎ代表取締役／博多の歴女　白駒妃登美

いつも私は歴史上の人物と対話をして、人生のピンチを乗り越えてきました。人生最大のピンチを迎えた3年前、私に力を貸してくれたのは正岡子規でした

10代の後半の頃、『マーフィーの法則』だったかな、成功哲学の本を読んで、とても感動して、20代では、ナポレオン・ヒルとかカーネギーといったアメリカ型の成功哲学の本を読み漁りました。また、そういうセミナーにも高いお金を払って、積極的に参加していました。

アメリカ型の成功哲学って、まず夢を描いて、それをいつまでに達成するか期限を付けます。そしたらそれが目標になります。この目標が大事なんです。

「10年後にこうなりたい」と決めたら、「それなら5年後はこうじゃなきゃね」とか、「だったら3年後はこうで」とか、「1年後はこうで、だから今はこうしよう」というように、「今」を望ましい未来を実現するための手段にするんです。

それを30年近く実践してきたら目標は全部叶いました。ですから私は人生がものすごく充実していました。

ところが、アメリカ型の成功哲学というのは常に「右肩上がり」じゃないといけないんです。つまり、一つの目標を達成したら、次の目標を設定して走り続けていくことになります。現状に満足した瞬間、成長が止まると教えられるんです。

だから私は常に目標を作り、その目標に向かって自分に鞭打ちながら必死に頑張っていました。すると、達成感や充実感は味わえますが、なんか下りのエスカレーターを必死で上っている感じで、いつも余裕がなくてハァハァしていて、幸せ感とか安心感からはほど遠い人生だったような気がするんですね。

そしてどうなったかと言うと、これは私の場合ですけど、5年前にがんという贈り物を天からもらったんです。そのときは、もちろんショックだったんですが、それほど深刻にはなりませんでした。

というのは、私が大学1年生のとき、母が同じ子宮頸がんになって、国立病院で診てもらったら、「もう手遅れです。余命9か月から1年です」と言われたんです。

でも、そのとき私、こう思ったんです。

「これは、このお医者さんの持っている情報や知識や経験で判断しているだけで、天のお告げじゃない。違う知識、情報、経験を持っているお医者さんだったら、違うことを言うかもしれない。もしそんなお医者さんがアメリカにいるとしたら、私は母を背負ってでもアメリカに行こう」って。

必死で婦人科の名医を調べたら、都内のある病院に名医がいることがわかりまして、普通はすぐには入院できないんですけど、いろんなツテを頼って何とか入院させてもらいました。

その病院で、「かなり進行していて手術は無理です。でも諦めるのもまだ早いから放射線治療をしませんか？」と言われました。

それで、結構長い期間入院していました。結果どうなったかというと、あれから30年経つんですけど、母は今も健在です。

あのとき、国立病院の医師の「あと9か月から1年」という言葉を信じて、「わかりました。最後までよろしくお願いします」と言わなくてよかったと思いました。

人間ってどういう情報を持っているか、どういう判断をするかで、寿命まで変わるんですね。

この経験があったので、私が5年前、主治医から手術を勧められたとき、「手術できるならよかった」と思いました。幸い発見が早かったので、子宮を全摘する手術と放射線治療を受け、元気になりました。

そこで気付けばよかったのに、また元気に飛び回っていたら、3年前の夏、がんが肺に転移したことがわかりました。このときばかりはかなり落ち込みました。

当時は私の子どももまだ小さかったので、「この子たちを置いて死ぬわけにはいかない。絶対がんに打ち勝とう」と思ったんです。

でも、この「戦闘モード」が実は良くないことを後で知るんです。ノーベル平和賞を受賞したマザー・テレサは、ただの一度も反戦集会に出たことがないというんです。マザー・テレサが参加していたのはすべて平和集会だったそうです。反戦集会と平和集会は似ているようで大きく違います。反戦集会は戦争がある世の中が大前提になっています。そこで「戦争反対」を叫んだとしても、「戦争」というものがみんなの意識にあるから戦争はなくならないんです。しかも、戦争反対を叫べば叫ぶほど、実は戦争を推進したい人たちにパワーを与えてしまうんです。

だから、「がんに打ち勝とう」と思って闘病生活するのは、毎日「反戦集会」に出ているようなものだったんです。結果どうなったかというと、最初一つだったがん細胞が一つ、また一つと増えていったんです。

それで、主治医に抗がん剤治療を勧められました。抗がん剤ってがん細胞に効くかもしれないけど、健康な細胞までその薬でやられてしまい、その結果、副作用で苦しんだり、体力がなくなってしまうんじゃないかと思って、主治医に聞いたんです。

「抗がん剤治療を受けたら私は助かりますか?」って。

というのは、「助かるのであればどんなに副作用がきつくても頑張ろう。でも、ただ延命をするだけの治療なら受けない。寿命は短くなってもいいから、しっかり子どもと向き合って生きていこう」と思ったんです。

そしたら先生はこう言いました。

「白駒さん、これは医者の立場でどちらかにしなさいと言える話ではなく、ご本人の人生哲学ですから、ご本人が決めてください。私から言えるのは、こういう状況になって助かった人を今まで私は見たことがない、ということです」と。

実は私、小さい頃から友だちがいっぱいいたんですけど、一番心が許せる友だちは伝記の本で出会った歴史上の人物たちでした。つらいことがあるといつも私は歴史上の人物と対話をして、人生のピンチを乗り越えてきたんです。

3年前、私が人生最大のピンチを迎えたときに、私に力を貸してくれたのは正岡子規でした。

正岡子規が見つけた武士道
生への執着もなく、諦めもなく、現実を受け止めて懸命に生きる

3年前、治ったと思っていたがんが再発しました。お医者さんから「こういう状況になって助かった人を今まで私は見たことがありません」と言われました。

そのとき私は先生の言葉の最後に自分で言葉を付け足していました。それは「西洋医学ではね」という言葉です。

「西洋医学ではこういう見解なんだ」と、わざわざ自分の中で繰り返していました。つまり、東洋医学とか、食事療法とか、そういうのをできるだけやってみようと思ったんです。

ちょうどその頃、私は歴史上のいろんなエピソードを自分のブログで発信していたんですが、そのブログを読んでくださった出版社さんから、「ブログ記事を本にまとめたい」というお話をいただいたんですね。

半ば自分の人生に覚悟をしていたときですから、断ろうと思いました。だって残された時間は子どものためだけに使いたいですから。

私は小さい頃から伝記を読むのが大好きで、つらいことがあるといつも歴史上の人物と対話をして、人生のピンチを乗り越えていたんです。

その3年前の人生最大のピンチのとき、私に力を貸してくれたのは正岡子規でした。正岡子規は、江戸時代の末に四国・松山の武家に生まれるんですが、生まれてすぐに明治維新が起こり、封建制度がなくなってしまいます。

でも彼は人一倍、自分が武士であることに誇りを感じていて、小さい頃から、「武士道における覚悟とは一体どういうことを言うんだろう」と自問自答しながら生きていました。

そんな彼があるとき、自分の中で結論を得ます。「武士道における覚悟とは、いつ
いかなるときでも平気で死ねることである」ということです。それ以来、彼はそう思
って生きていきました。

ところが、若くして脊椎カリエスという病気にかかり、30代半ばという若さで亡く
なるわけですが、脊椎カリエスという病気はものすごい激痛を伴うんですね。彼はそ
の苦しみの病床で何度も自殺することを考えます。ところが、あるとき彼は悟りにも
似た境地に達したんです。

「武士道における覚悟とは、いついかなるときでも平気で死ねることではなく、こん
なに痛くても、こんなに苦しくても、生かされている今という一瞬一瞬を、平気で生
きること。それこそが本当の覚悟である」と。

このとき子規は、自分がもう余命幾ばくもないことを受け入れたんだと思うんです。いつまでも生きていたいと「生」に執着するわけでもなく、逆に、もうどうせ死ぬんだからって諦めるわけでもない。執着もしない、諦めもしない。ただ、ひたすら現実を受け入れて、そこでできる精一杯のことをするんです。

子規って本当に明るい性格の人で、いつも「自分ほど幸せな者はいない」と言っています。どういう意味か、説明しますね。子規は、病床で短歌や俳句の革新を行っていきました。つまり、それまでの伝統的な短歌や俳句に対してとても批判的で、その世界の重鎮たちの作品に対して強烈に批判をしていくんですね。

でも、その人たちはみんな子規が余命幾ばくもないと知っているから誰も反論してこないし、文句も言ってこないんです。だから、「自分はラッキーだ」と言って、その批判の手を緩めずに、亡くなる最期の瞬間まで自分の言いたいことを言い尽くして、自分らしく輝いて自分の人生を全うしたんです。

私は正岡子規という人が大好きだったので、その時の自分を病床の子規の姿に重ね、「わかった！　私も原稿を書こう」と思いました。

実を言うとそれまで本を出すのがちょっと怖かったんです。例えば、古い時代のことなんか、史実なのか伝説なのか曖昧ですし、史実として明らかな事柄もさまざまな解釈があるわけです。ですから史実か伝説かはっきりしないことを書いたり、自分流の解釈を書いて本にしたとき、専門家の人から「それは違う」と言われるかもしれないじゃないですか。

でも、そのときたぶん正岡子規の心境に近づけたんだと思います。私の本を読んだ人から「あんたの解釈は違う」と言われても、「私、もうすぐ死ぬんだから、あまりいじめないでください」と言おうと思ったんです。つまり、病気になったからこそ、本を出版する勇気を持てたんですね。

今日から日本人として人生をやり直そうと思ったとき
私の中の遺伝子がオンになった…

いざ原稿を書くとなったら、少しでも長く生きていたいですから、抗がん剤治療を受けようと思って、パソコンを持って入院しました。

そしてベッドの上で歴史上の人物たちの生き方と向き合っていったら、日本人の日本人たる所以《ゆえん》というものに私は気付いたんです。「私は日本人として生まれたのに、なんて日本人らしからぬ、アメリカ人かぶれした人生を生きてきたんだろう」って。そして「今から私は日本人として生きよう」と心に決めたんです。

そしたら、不思議なことが起きました。毎晩子どもの寝顔を見ながら、不安で不安で泣いていたんですけど、「日本人らしく生きよう」と思ったら、夜眠れるようになりました。それまでの不安が雪のように溶けてなくなったんです。たぶん、人間が抱える悩みというのは、そのほとんどが過去を後悔しているか、未来を不安に思っているかのどちらかではないでしょうか。

でも、日本人というのは、欧米人のように未来に軸を置いて、今を未来のための手段にして生きるなんて似合わない。それより、今自分に与えられた環境やご縁を感謝して受け入れて、そこでできる精一杯のことをして生きていくほうが、日本人に相応しいのではないかと。

かつての日本人がしてきたように、私も過去や未来を手放し、「今、ここ」に集中したら、不安から解放されたんです。悩みが消えたら、さらに不思議なことが起こりました。

お医者さんが「明日からいよいよ抗がん剤治療に入りますから、もう一回、ＣＴをとりましょう」とおっしゃって、検査を受けたら、なんといくつもあったがん細胞が、画像で見る限りはきれいに消えてなくなっていたんです。

私、思いました。

私は日本人として生まれたのに、ずっとアメリカ人みたいな生き方を目指してきた。私に宿っている日本人の遺伝子はそんな生き方を喜ぶはずがない。きっとスイッチがオフになっていたんじゃないか。でも、私が日本人らしい生き方に気が付いて、今日から日本人として人生をやり直そうと思ったときに、たぶん私の中の遺伝子がとっても喜んでくれたんじゃないかなって。

その結果、遺伝子がオンになって、自分に元々宿っていたけれども、眠っていた生きる力が急に発揮されるようになったんじゃないかなと。

たぶん、私たちが「奇跡」と呼んでいる出来事は、あり得ないことが起こることじゃなくて、遺伝子がオンになることによって、今まで眠っていた可能性が急に目覚めて、すごい力を発揮して起こった出来事のことを「奇跡」と呼んできたんじゃないかなって、そんなふうに思ったんです。

日本人の遺伝子は、おそらくあの『古事記』の時代から組み込まれているんです。だから、日本人としての本来の生き方を心がけたら、きっと私たちの遺伝子はオンになって、皆さんの人生にも素晴らしい奇跡が次々と起こるようになるんじゃないかなって思います。

日本初の実測地図を作った伊能忠敬は少年の心を持った夢見る素敵な男性だった

私の著書『人生に悩んだら日本史に聞こう』（祥伝社）という本には29の日本史のエピソードが掲載されていますが、私がブログで「どの話が一番よかったですか？」というアンケートを取ったところ、ナンバー・ワンは断トツで、伊能忠敬の話でした。

伊能忠敬というと、日本で初めての実測地図を作った人ということは皆さんご存じだと思います。

では、忠敬が日本地図を作るために旅を始めたのは一体何歳だったか。なんと数え年56歳からなんです。

それ以前は、忠敬は千葉の佐原という町で造り酒屋を営む伊能家の婿養子で、商人でした。元々伊能家はその土地の名家だったのですが、忠敬がお婿さんに入る頃には経営があまりうまくいってなくて、倒産寸前だったともいわれています。

忠敬はどうやって伊能家の経営を立て直していったか。

伊能家は造り酒屋なので、お米を仕入れてお酒を造るとともに、造ったお酒の販売もしていました。

忠敬は婿入りしてすぐに従業員を集め、こう言うんです。

「お客様が来られたら、何かできることがないか聞いてください。もしそれが直接自分たちの商売に繋がらないことであったとしても、お客様のためにできることはしてあげてください」

そう言われた従業員たちは、その日からお客様にこう尋ねました。「何かお困りの事はありませんか?」

するとお客様は、「そう言えば最近、雨漏りがするのよね」とか「最近、戸の滑りがよくないのよね」とか、そういうことをおっしゃる。

それを聞いた従業員は、余裕のある時間帯を見計らって、そのお客様のお宅に行って問題を解決してあげちゃうんです。しだいに佐原の町にこういう口コミが広がっていきます。「どうせお酒を買うなら伊能さんのところがいいわよね」

そうして少しずつ経営が上向いていきました。完全に経営が立ち直るまで10年かかったそうです。

すると忠敬は、それから夜な夜な家を留守にするようになりました。

私も一応女性ですから、そういう話を聞くと心中穏やかじゃありません。忠敬の奥さんも不安になりました。そしてある夜、忠敬の後をこっそり付けて行きました。

すると、忠敬は野原にゴロンと横たわるんです。誰かを待つには絶好のシチュエーションです。

奥さんは木の陰に隠れてじっと見ていました。でも30分経っても40分経っても誰も現れません。奥さんはしびれを切らして、偶然を装って近づき、「あら、あなた。こんなところで何をなさっているのですか?」と聞くんです。

忠敬は言います。「星を見ているんです。私は小さい頃から星を見るのが大好きでした。でも、今までは店のことが忙しく夜も仕事に勤しんでいました。ようやく少し余裕が出てきたので晴れた日にはこうして星を眺めに来ているんです」

どうですか、女性の皆さん。忠敬って仕事ができて、それでいて少年の頃の夢も失っていない。すべての女性にとってど真ん中のストライクじゃないですか？（笑）

その証拠に、奥さんは忠敬に惚れ直しまして、それからは逆に奥さんのほうから忠敬を誘って星を見に行ったらしいです。

その後、忠敬は50歳になると隠居をしまして、江戸の浅草に出て行きます。

浅草には「天文方暦局《てんもんがたれききょく》」といいまして、星や月の動きを観測して暦を作る役所があったんです。そこに高橋至時《たかはしよしとき》という当代きっての天文学者がいまして、忠敬はその人に弟子入りがしたくて、その門を叩きました。

地球の大きさを測りたくて星の観測をするために伊能忠敬は幕府に「地図を作りたい」と言ったのでした

伊能忠敬は数え年51歳で、19歳も年下だった32歳の天文学者・高橋至時に頭を下げて弟子入りを志願します。このとき高橋至時は、おそらく「こんな年寄りには無理」って思ったのではないでしょうか。

だって天文学の勉強というのは、昼は本を読んで勉強をしないといけない。夜は星や月を観測します。だから若くて体力がある人にとっても大変なのに、人生50年といわれた時代に忠敬は50過ぎたおじいちゃんですから。

それでもお年寄りをむげに扱うことができなかったのでしょう、至時は弟子入りを許すんです。結果的に忠敬はどんな弟子よりも熱心に研究しまして、師弟間には強い絆が育まれていきました。

至時のもとで天文学を学ぶうち、忠敬に一つの夢が芽生えます。当時の日本は鎖国をしていましたが、オランダとは貿易をしていましたから、オランダの書物は入ってきていました。その書物から地球は球体をしているということはわかっていましたが、地球の大きさは世界中の誰もわからなかったんです。忠敬は自分の手で地球の大きさを計算して出したいと思ったんです。

でも、当時の日本にはそんな機械なんてありません。忠敬はどうやって地球の大きさを測ろうと考えたか。

北極星は常に真北を指していますが、見る場所の緯度が違えば、見上げる角度が変わります。だから、2つの地点から北極星を見上げたときの角度と、その2地点の距離がわかれば地球の大きさが計算できると考えたんです。

でも、その2地点が近すぎたら誤差が大きくなります。1か所は江戸でいい。もう1か所はできるだけ遠くに行って北極星を観測したいと思った忠敬は、当時「蝦夷《えぞ》地《ち》」と呼ばれていた北海道に行こうと思ったんです。ところが、蝦夷地は幕府の直轄領ですから、幕府の許しがないと行けません。幕府に「地球の大きさを計算したい」と言ってもオッケーしてくれないだろう。どう言えばオッケーしてくれるかと考える忠敬に、師匠の至時がアドバイスしました。「日本地図を作りたいと言えばいい」。

ペリー来港の50年ほど前ですが、この当時、すでに「琉球」と呼ばれていた沖縄や北の端の蝦夷地には度々外国船が出没していました。幕府はそのことを知っていましたが、これを公言すると日本中が動揺しちゃうだろうということで内緒にしていたんです。

本来なら、幕府は蝦夷地の海岸沿いに国防のための施設を造らないといけません。でも、そのためには地図が必要です。そのことを、天文学者であり、幕府の役人を兼ねていた至時は知っていたんですね。

喉から手が出るほど地図を欲していた幕府は、忠敬の蝦夷地域を二つ返事でオッケーしました。

でも、幕府から頼んだわけじゃない。忠敬が作りたいと言ってきたことに対して、幕府が許可を出しただけです。ということはどういうことかというと、測量隊を組織して、蝦夷地まで行って帰ってくるまでには莫大な時間と経費がかかりますが、その費用は幕府が出してくれるわけじゃないということです。

実際に幕府が出したのは2割に満たなかったといわれていて、経費の8割以上は、忠敬が自腹を切って負担しています。今の貨幣価値に換算すると、3000万円を優に超えたそうです。

今、私たちは国から何かしてもらおうってみんな考えますよね。でも、先人たちは逆なんです。自分が国のために何ができるかというのを考えて生きてきたんですね。

幕府の許可を得て、忠敬は測量隊を組織して蝦夷地に向かいました。

「自分が、自分が」と言う先祖はいなかったんです。みんな一歩引いて大好きな人のために頑張る人たちだったんです

伊能忠敬の日本地図づくりは、なんとウォーキングの練習から始まりました。要は、距離を正確に測れる機械がないので、歩幅で距離を測ろうというわけです。その歩幅も正確に刻まないといけないので、一歩一歩が必ず同じ距離になるようにウォーキングの練習を重ねて、どんな状況でもピタッピタッと一致するようにしてから蝦夷地に向かいました。

忠敬の武器は、そのピタッと正確に歩けるようになった歩幅と方位磁石、それに北極星の観測に使う望遠鏡に巨大な分度器を組み合わせたような、簡単な道具ぐらい。それらを駆使した気の遠くなるような作業の末、３年かけて東日本の測量を完了させました。

忠敬が地球の大きさを計算すると、全周が約4万㎞という数字が出ました。その後、オランダから書物が入ってきます。そこには、産業革命を経験したヨーロッパで、機械を使って天文学者が地球の大きさを測った数値が出ていました。約4万㎞、忠敬が出した数字と一致していたんです。忠敬と師匠の高橋至時は手を取り合って喜んだそうです。

でも、驚くのはまだ早いんです。今、GPSとスーパーコンピューターによってもっと正確な数値が出ます。現代科学の粋を集めて出した正確な地球の大きさと、忠敬が歩幅と方位磁石と簡単な道具だけで測った地球の大きさの誤差は、なんと0.1%以下。すごいですよね。

本来でしたら忠敬はここで夢を叶えたということになるんですが、幕府との約束を果たさなければいけませんから日本地図を作ります。

日本地図といっても東日本です。その地図を幕府に献上しました。すると幕府は、その地図の正確さにびっくり仰天して、「西日本の地図も頼む」ということになりました。

今度は幕府がお金を出してくれたのですが、ただ幕府は経費を出したというだけです。お給料は出ていません。それでも忠敬は西日本の旅に出掛けます。この旅は忠敬にとっては本当にきつい旅でした。年齢が60を超えていましたから。

最初の計画では3年あれば西日本の測量を終えられるだろうと思っていたのが、3年経っても九州は手付かずの状態でした。関門海峡を越えて九州に入ったときに忠敬は娘さんにこんな手紙を出しています。「体がボロボロになって歯が抜け落ちて残りが1本だけになったから、大好きな奈良漬けを食べることもできなくなった」

この西日本測量の旅は体力的にも過酷でしたが、同時に精神的にもかなりきつかったのです。旅に出る前に忠敬が心から尊敬していた師匠の高橋至時が40代の若さで亡くなり、九州測量の途中でも測量隊の副隊長が病死しています。尊敬する師匠と信頼する部下という二つの柱を失って、それでも忠敬は測量をやり遂げました。

足かけ17年測量し、彼の歩いた距離は約4万㎞、地球一周分に相当します。測量を終えた忠敬は、そのデータを地図にしなければなりませんが、忠敬にはもうその体力は残っていませんでした。70を超えた忠敬は西日本の地図作りを前にして病気で亡くなり、それを弟子たちが引き継ぎました。その弟子のリーダーが高橋景保《たかはしかげやす》、忠敬が心から尊敬した師匠・高橋至時の息子です。

弟子たちは、忠敬の死を隠して地図作りに励みました。やがて出来上がる「大日本《だいにほん》沿海輿地全図《えんかいよちぜんず》」は伊能忠敬が作った地図である、と発表したかったからです。

私たちの先祖は、「自分が、自分が」と言う人たちではなかった。みんな一歩引いて大好きな人たちのために頑張る人たちだったんです。

そして、弟子たちは地図を完成させ幕府に献上しました。そのあまりの素晴らしさに幕府閣僚は息を呑んだそうです。その3か月後、忠敬の喪が公表されました。

アメリカ型の夢を叶える生き方ではなく次の世代にリレーされる志を持って日本人は生きてきた

伊能忠敬の人生は、いつも与えられた環境やご縁を受け入れ、感謝し、そこで出来る精一杯のことを行って、大切な人たちを笑顔にするために頑張る人生でした。婿入りしたときには家族や従業員のために頑張りました。また、お客様のためにできることは何でもしようと徹底しました。

商売が軌道に乗ってからは、自分の店に買いに来てくれるお客様だけじゃなく、この町で商売をさせてもらっているんだからと地域の役に立ちたいと願いました。

当時、「天明の大飢饉」というのが起こり、不作が何年も続き、日本全国で餓死者が続出しました。しかし、忠敬の地元・千葉の佐原の町は餓死者が出ませんでした。

なぜか。伊能家は造り酒屋ですから、蔵にはお酒の原料であるお米がたんと眠っています。そのお米を忠敬は地域住民に無償で提供したんです。

その忠敬が最初の測量の旅に出る少し前、幕府に手紙を出していますが、その手紙にはこう書かれてあります。「隠居の慰みとは申しながら、後世の参考ともなるべき地図を作りたい」

忠敬が最終的に誰のために頑張ろうと思ったかといったら、後世に生きる日本人のため、つまり私たちのためだったんですね。

私は、忠敬の生き方を病院のベッドの上で再確認したとき、「この国はなんて愛にあふれた国なんだろう」って思いました。

それまで私はパワースポット巡りが趣味で、いろんなところに行って「私にパワーをください」と念じてきました。

でも、みんながパワーをもらったらその土地が枯れちゃいますよね。むしろその土地に所縁《ゆかり》のある人たちが、その土地に愛着と誇りを感じることでエネルギーが溢れてくる、それが本来の「パワースポット」なんだと思います。

皇室では日本国民のことを「大御宝《おおみたから》」と呼ぶ伝統があります。世界中探しても民を「宝」と呼ぶ国はないと思いますが、その「宝」に尊称を重ねて「大御宝」と呼んでくださるんです、日本の皇室は。なんて愛にあふれた国なんでしょうか。

皇室の祈り、そして忠敬や先人の思いを感じたとき、パワースポット巡りはもう自分の人生に必要ないと思いました。なぜなら、この日本という国土そのものがパワースポットだから。そして、このパワースポットで生まれ育った私自身もパワースポットだと思ったんですね。

だから、がんが転移したとき、抗がん剤治療は受けましたが、副作用がびっくりするぐらい軽かったんです。自分がパワースポットだと気が付いたからではないかと私は思っています。

抗がん剤治療を受けるために毎月2週間ぐらい入院するんですが、入院する度に、「私がいるところがパワースポットだから、この病院をパワースポットに変えよう」と思っていました。

「お医者さんに自分の病気を治してもらおう」という依存心で入院する人と、「自分が病院をパワースポットに変えよう」と思って入院した人とでは、恐らく同じ治療をしても効果は違うと思うんです。

何かをしてもらおうと欲するんじゃなくて、自分から何かを与えようとするとき、心がとても穏やかになるし、身体の中からエネルギーが湧き出てくるのを感じました。

さて、伊能忠敬の話には素敵な後日談があります。先ほど申し上げた通り、忠敬は後世の日本人のために頑張ってくれたのですが、忠敬の死から35年経って、それが現実のものになるんです。

嘉永6（1853）年、ペリーが黒船を率いてやって来ます。当時、欧米は高度な科学技術を持っていましたから、欧米以外の地域は野蛮な未開の地だと思っていて、当然、日本もそう思われていました。

そのとき、ペリーはシーボルトによって国外に持ち出された伊能地図の写しを持っていましたが、日本の海岸線がその地図と寸分も違《たが》わないことに気づきます。ペリーは非常に直感力の冴えた人だったので一瞬で悟ったんです。

「この国は文明のレベルが低いのではない。我々とは質の違う文化を持っている。その異質の文化としては世界最高峰である」と。そして日本を蔑む態度を改めたと言われています。

当時、アジアやアフリカ諸国の多くが欧米の支配を受ける中、アジアではタイと日本だけが独立を守り通すことができました。忠敬が地図作りにこめた「後世の日本人のために」という思い、そしてその崇高な思いを実現させた高い技術力が、この国を守る要因の一つになったと言ってもいいと思います。

アメリカ型の成功哲学は夢を叶える生き方です。それに対して日本人は志を持って生きてきた民族ではないかと、私は思っています。夢が叶ったときに嬉しいのは自分です。でも、志が叶ったときには自分以上に喜んでくれる人たちがいっぱいいる。だから志は自分が死んでも次の世代にリレーされていくのです。

私は、日本の歴史の一つの特徴は志のリレーにあるのではないかなと思っています。

白駒妃登美（しらこま・ひとみ）

埼玉県生まれ、福岡県在住。幼少の頃から伝記や歴史の本が大好きで、福沢諭吉に憧れて慶応義塾女子高校から慶應義塾大学へ。卒業後は大手航空会社の国際線客室乗務員に。退社後は2児の母親となり、友人と結婚コンサルタント「マゼンダ」を立ち上げる。コピーライターのひすいこたろう氏と共著『人生に悩んだら「日本史」に聞こう』を出版。東京・福岡・大阪等で、歴史が苦手な人でも、歴史が大好きになってしまう歴史講座を行う。昨年、日本の歴史や文化を国内外に発信するために「（株）ことほぎ」を設立し、代表取締役になる。

食卓で育む生きる力

内田産婦人科医院　助産師　内田美智子

今皆さんが生きている　これは奇跡なんです。
無事に生まれてくることそのものが奇跡なんです。
その命を大切につないでいって欲しい

北海道・旭川にある旭山動物園を、今のように有名にした前園長、小菅正夫さんが、こんな話をされました。

「人間も動物の一種ですが、動物の中で子育てを最優先課題にして生活をしないのは人間だけです」

「動物は子育てより他に大事なものがない。ところが、人間は『忙しいからできない。大変だからできない。面倒臭いからできない』と、いろんな理由を付けて、子育てを後回しにする」

「子育てを楽しいと思えない種族は絶滅します」

この言葉の重みを、今、真剣に考えないといけないと思います。


実は、数日前、うちの助産院で、5か月の赤ちゃんの死産がありました。でも、なかなか出ませんでした。

母胎から出てくるのに3日かかりました。分娩室は暗い雰囲気になりました。本人も家族も、付き添っていた助産師も看護師も、みんな泣きました。


皆さん、今、生きているということは本当に奇跡なんです。その命を大切につないでいって欲しいんです。

「なぜ自殺はいけないんですか？」と言う若い子がいますけど、普通、命って宿らないんです。そして宿った命が無事に生まれてくることそのものが奇跡なんです。

そして、命懸けで子どもを生んだ人がいて、命懸けで育ててきた人、育てている人がいるんです。

そういう人のことを考えると、生きていくのに理由なんかないんですね。生きていかないと駄目なんです。

そして、命をつないでいくためには、命を摂取していかないといけません。産まれるときには必ず、母親の命をいただきます。大出血するお母さんがたくさんいます。取り返しがつかない傷ができるお母さんもたくさんいます。命を落とすお母さんもいます。

当たり前のように生まれてきて、当たり前のように育っているなんてことはあり得ません。

すべての子どもたちに「生まれてきてよかった」「生きていてよかった」と実感して欲しいのです。

そして、すべての親に「生んでよかった」「親になってよかった」と思って欲しいと思っています。

そのためにも子どもたちに生きる力になる記憶を残しましょう。

食べ物の記憶、匂いの記憶、見たこと、聞いたこと、経験したことが子どもたちの記憶になります。

そしてそれが生きる力になる場合と、生きる力を奪う場合があります。

九州大学で、「婚学《こんがく》」というゼミをされている佐藤剛史《ごうし》先生が学生に「食の思い出」をテーマにレポートを書かせました。

その中に佐藤先生の目に留まった一人の女子学生のレポートがありました。

第一希望の大学に合格して、一人暮らしを始める目前の女の子が、新生活に胸躍らせて、ウキウキして迎えた、引っ越し前夜の食卓の風景を綴ったレポートでした。こんな内容です。（一部文責編集部）

私は、長女だということもあってか小さいころからあまり親に甘えない、自立した子だと言われてきました。

私自身、親から離れてもそんなに寂しくないし、平気だろうと思っていました。だから、あの時は自分でも本当にビックリしたのです。

明日は私の引っ越しという日の夜、その日のメニューは私の大好きなハンバーグでした。

「今日は忙しかったけど、ナツが最後やけん、頑張って作った」と、お母さんがいつもの調子で言います。

「いただきまーす！」私はハンバーグを一口、口に入れました。そこで私の箸は止まりました。

しばらくするとお母さんが、「ナツ、泣きよると？」と、私の顔を覗き込みました。

そう、私はこの時、泣いていたのです。

私は、家族の前で泣くことが恥ずかしくて、最初のうちはどうやって泣きやもうか、もしくはいかにバレないように泣くか考えていたのですが、気付かれたらしょうがない。箸を置いてワンワン泣きました。

お母さんが、「寂しくて泣いてくれよると？　なんか嬉かよ。ねっ、お父さん？」と泣きながら言い、お父さんも「そうだねぇ」と答えました。

妹と弟は、最初はギョッとしていたようですが、空気を読んでか、「あー、おいしかー」などと言い合って、その場を盛り上げてくれていました。

私はと言えば、結局完食。鼻をずびずびいわせながら食べても、お母さんのハンバーグはおいしかったです。

私は、ぐちゃぐちゃだったであろう顔で食べたあのハンバーグの味を一生忘れないだろうと思います。

と同時にあの時、さりげなくティッシュを差し出してくれたお父さん、一緒に泣いてくれたお母さん、あの場を明るくしてくれた妹、弟の愛情も一生忘れないと思います。

今思えば、あれだけ泣かなかった私があのハンバーグを一口食べた瞬間、泣いたのがすごく不思議です。

だけど、きっとあの一口が今までのいろんなことを思い出させる何かすごい力を持っていたのだろうと、私は思っています。

子どもたちは、いつかその家を出て行く日が来ます。何を食べたのか、どんな会話を食卓で交わしたのかが子どもたちの記憶に残っていきます。食べることは生きることです。生きることそのものが食べることです。

食欲は、三大欲求の一つで、血糖値が下がったらみんな、「ひもじい」と思うようになっています。

でも、何を子どもに食べさせてもいいというわけではないんです。小さな子どもたちは、親が出してくれたものを食べるしかありません。差し出す側、つまり親がしっかりした食に対する考え方を持っていないと大変です。

今、お腹はひもじくないのに、心がひもじい子が増えています。この「お腹はひもじくない」というのが、実は大問題なんです。お腹がひもじくない子は、物を大事に扱えません。

ぜひ、生きる力になるような記憶を、子どもたちに残してください。

自分が作った料理を誰かが喜んで食べてくれることがものすごく幸せなことだと感じられる子どもたち

産婦人科ってすごく狭い世界です。患者さんは女性だけです。

その狭い世界に時々子どもたちがやってきます。望まない妊娠をした10代の子たちです。

彼女たちと話している中で、私は食の大切さに気が付かされました。ちゃんとしたご飯を家で食べていた子は、私のところには1人も来ていなかったのです。1人も、です。

親から、「食事を作るの面倒臭い」とか「忙しくてできない」と言われたら、子どもは返す言葉がありません。それでも今は便利な食品がたくさんあって、飢えることはありません。しかし、その便利な食べ物は私たちを決して幸せにはしないということを、あの子たちを見ていて思うようになりました。

香川県の中学校の校長先生だった竹下和男先生が、毎月一回、生徒が自分で弁当を作ってくる「弁当の日」を十数年前に始められたきっかけはこんなことでした。

竹下先生の中学校の近くのドラッグストアに、お昼時になると女子高校生がスナック菓子とジュースを買いに来ていました。

それを見た店員が、「毎日買いに来てくれるのは嬉しいけど、たまにはまともなもんも食べなあかんよ」と声を掛けたところ、「そんなもん、誰が作ってくれるというんじゃ！」という言葉が返ってきたんです。

その場に居合わせた竹下先生は「自分がしてもらえなかったら、やがて自分もしてやらないという連鎖が生まれるかもしれない。そうならないために、自分がしてほしかったことを将来子どもにもしてやれるようになって欲しい」と思い、「弁当の日」を始めたのです。

今、愛情たっぷりのお弁当を毎日文句言いながら持って行っている高校生がいる一方で、一回もお弁当を作ってもらったことのない高校生や、親の手料理を食べた記憶のない子どもたちがいっぱいいるんですね。

その女子高校生はいずれは母親になると思います。母親になって子どもが生まれて、子どもの最初のご飯はお乳です。

その子は、夜中に何回も起きて授乳ができるでしょうか。泣き叫ぶ子どもをあやすことができるでしょうか。離乳食を作って食べさせることができるでしょうか。お弁当を作ることができるでしょうか。子どもが高校生になったときに、あの女子高校生と同じセリフを言わないでしょうか。

そういう子どもたちに、自分でできるようになってもらうのが「弁当の日」です。この「弁当の日」がきっかけとなって、子どもがご飯を作れるようになり、親子の会話が増えている家庭がすごく多いんです。

そして昨年、「弁当の日」を経験した第1期生が大学を卒業しました。その中には、高校3年間、毎日お弁当を作った子がいます。父親とお姉ちゃんの分まで作った子もいます。大学4年間、毎日自炊をした学生もたくさんいます。

中には友だちが毎日自分の家にご飯を食べに来て、「すごいね」と言われた男の子もいます。

自分が作った料理を誰かに食べてもらって、「おいしいね」「すごいね」と言ってもらうことが、すごく幸せなことだと感じられる子どもが育っているんです。

そんな子が、いつか、私の元に、「弁当の日を経験したんですよ。私、お母さんになりました」「お父さんになります」と言って来てくれないかなと楽しみにしています。

食べ物にも薬同様、副作用があるんです 自分の体をしっかり作る食べ物を食べましょう

岩村暢子《いわむらのぶこ》さんの『家族の勝手でしょ』という本に掲載されている「普通」の家庭の食卓の風景に、私は衝撃を受けました。岩村さんは15年前から家族関係を研究されて

いて、一般家庭の3食の食卓を1週間、写真に収めて、詳細なインタビュー付きで掲載しています。

「この15年間の変遷が恐ろしい」とおっしゃっていました。

たとえば、ある家庭では、家族4人の朝食が、砂糖とチョコレートにまみれた菓子パンで、飲み物はジュースでした。

別の家庭では、子ども2人の朝食が、シュークリームとパックンチョとカラムーチョでした。これ、お菓子ですよね。

こういう家庭が今、非常に多いんだそうです。

実は今、子どもたちの歯にとって、とてつもなく過酷な状況があります。

歯がドロドロに溶けた2歳児がいました。ぐずっている子どもの機嫌をとるために、いつも砂糖のたくさん入ったジュースを与えていたというのです。某乳酸菌飲料を哺乳瓶に入れて乳児に飲ませている親もいれば、3時のおやつにそういうものを出している保育園もあります。

確かに乳酸菌は体にいいです。だけど、乳酸菌だけでは飲めないので、普通は砂糖を入れて甘くして売っています。65ccのうちの5分の1は砂糖です。そういうものを飲んだ後は、しっかりうがいをして歯磨きをしないといけません。

歯が溶けてしまった子に「よく噛んで食べるんだよ」と言っても当然噛めないので、噛まずに丸飲みしています。

歯のない動物は本来、生きていくことができません。

じゃあ、この子の責任かというと、子どもは与えられているものを飲んだり食べたりしているだけです。食は大人の責任、親の責任です。

食卓にカロリーのある飲み物があるなんて絶対NGです。血糖値が上がりますから、そんな飲み物を2杯も飲んだら、まず食事には手を付けなくなります。

どうしても子どもに甘い物を食べさせたいんだったら、食事の後です。食卓にジュースは禁物です。

食べた物は全部体になります。今の子どもたちは、食べるものと自分の体を切り離して考えている子が非常に多いです。

その結果、悲惨な女子大生になると、便秘と肌荒れと月経痛、三拍子揃っています。先日、福岡で調査したら、10日に1回しか便が出ない女子大生がたくさんいました。便秘の原因は、便が出る要素が食事の中にないことです。月経痛も、子宮内膜症という病気の人は別ですが、食生活を変えたら絶対によくなります。

今、女子大生10人のうち、内膜症でもないのに月経痛がひどくて、「鎮痛剤を飲まないと駄目」という子が7、8人いる状態です。

原因は食生活です。

口から入れる物は、食べ物も薬も一緒です。体に入って栄養素は吸収され、カスは出て行くようになっています。

そして、食べた物も薬と一緒で、作用もあれば副作用もあるんです。でも、多くの人が薬の副作用だけを心配してます。そのことを意識して食べないといけません。

毎日あなたが食べている物は、本当に大丈夫ですか？

あなたが食べているものは、大切なあなたの体をしっかり作っていますか？

腹はひもじくないけど心がひもじい子どもたち
心のひもじさも問題ですが腹のひもじさがないことも問題です

ある自治体で、学校歯科医の先生が講演をするに当たって、子どもたちにアンケート調査をしました。設問は2点です。

「食事のときに親にしてほしいこと」、そして「食事のときに親にやめてほしいこと」

この回答で多かったもの、何だと思いますか？


一つ目の設問で一番多かった回答は「話を聴いてほしい」です。「今日ね、友だちにこんなこと言われて嫌だったんだよ」とか、「今日ね、学校行きたくないの」というような話をする場所がない、相手がいないんです。

もう一つの設問で一番多かった回答は「時々でいいから冷凍食品を使わないで欲し

い」でした。「時々でいいから作ってほしい」と思っているんです。けなげでしょ。

こういう調査もあります。ユニセフ（国際連合児童基金）が「世界中の子どもたちの幸福度調査」をしました。孤独を感じている子どもたち、日本ではどれぐらいいると思いますか？

3人に1人です。

食事を作るということに対して、親は、「忙しい」と「大変」と「面倒臭い」を言わないようにしましょうよ。子育てを差し置いてでもしなければいけないことが本当にあるのかどうか。それが自分の人生にどれだけ意味のあるものなのか、しっかり考えないといけないと思います。

腹はひもじくはないけど、心のひもじい子どもが今、たくさんいます。心がひもじいことも問題ですが、腹のひもじさがないことも問題です。

朝から晩まで砂糖にまみれていて空腹感がないんです。空腹感がないからご飯がおいしいと思えません。おいしいと思わないから誰にも感謝しません。

こんな状態で子どもを育てていたのでは、物のありがたみや作ってくれた人への感謝なんて、まず分かりません。

便利になり過ぎて、物のありがたみや何かしてくれた人への感謝を教えるきっかけがない。これは大人が原因です。

素直で優しい子どもたちは大人に気を使いながら生きています。

子どもたちに「生まれてきてよかった。生きていてよかった」という気持ちを持ってもらいましょうよ。これから親になるかもしれない若い人は、「生んでくれてありがとう」って言ってもらえる親になる準備をしましょう。

行動が変わると、人生は必ず変わるようになっています。人生を変えるなんてそう簡単なことではありませんが、ほんのちょっと考え方と行動を変えていくだけで、人生が全く違ったものになり、豊かなものになっていくんです。

ぜひ、行動を変える努力をしてみてください。

子どもに生きる力になるような記憶を残そうと思ったら、手間暇を惜しんではいけません。

今、便利な物がたくさんあります。でも、それを使ったら使った分、違った形で、「あなたは大事な存在なんだ」ということを子どもたちに伝えていかないといけません。そんなことを考えることができる大人になってください。

そして、「こんな大人になってほしい」「こんな親になってほしい」と思う理想像があるんだったら、それは大人がして見せないと子どもたちには伝わりません。

そういうことを意識して、ぜひ食べること、食卓の風景づくりに手を抜かないでいただきたいと思います。

内田美智子（うちだ・みちこ）

大分県生まれ。国立小倉病院附属看護助産学校卒。88年から内田産婦人科医院に勤務。夫は同医院院長。同院内で子育て支援の幼児クラブ「U遊キッズ」を主宰。「生と性と食」をテーマに全国で講演活動を展開。著書に『お母さんは命がけであなたを産みました』、共著に『いのちをいただく』『ここ』『あなたが生まれた日』など。

常識を変えた時代人

歴史小説作家／歴史研究家　井沢元彦

「バカ将軍」と呼ばれていたあの人は「大政治家」だった!?

皆さん、「大政治家」に必要なものって何だと思いますか？　私は三つの条件があると思います。

一つ目は理想を持っていること。

たとえば今であれば、「世界から戦争をなくそう」とか。でもそれが口だけだったらいい政治家とは言えませんよね。

そこで二つ目は、その理想を実現する実行力があること。

ただ「世界から戦争をなくす」と言っても、その意志を貫き、行動に移すのは大変です。それに、実現するにはいい政策を考えないといけません。

ですから、三つ目は政策立案能力があることです。この三拍子が揃っている人こそ「大政治家」と呼ぶにふさわしいと思います。

さて、日本でこの三つが揃った人物って誰だと思いますか？

私は今回、徳川幕府の第五代将軍・徳川綱吉を挙げます。

綱吉さんというと「生類憐《しょうるい》れみの令」を出したことで有名ですね。犬などの生き物をむやみに殺したり、粗末に扱ったりすると処罰されるというものです。

このせいで綱吉は「人間より犬を大切にしたバカ将軍」という評価をされています。

でも、私は彼のことを大政治家だと思っています。なぜか？

江戸初期は、鎌倉、戦国時代からの殺伐とした社会風潮がまだ残っていました。

たとえば、戦国時代は戦で敵の大将の首を取ることが手柄になります。そこで確実に討ち取れるようにするための訓練や腕試しとして「辻斬り」が行われていました。

これが戦の終わった江戸時代になっても当たり前のように横行し、昼間から刃傷《にんじょう》沙汰のけんかも絶えなかったといいます。

それから、「犬追物《いぬおうもの》」という武士の訓練もありました。犬を何匹も囲いに追い込んで矢で射るんです。ここでけがをして使えなくなった犬は鷹狩り用のエサにされたりと基本的に消耗品扱いでした。

他にも病気になった牛馬や面倒を見きれない子ども・病人は山に捨てられたり、道端に放置されて死んでしまったり…。

江戸時代の初めはこういうことがまだ当たり前の社会だったのです。


この話を聞いて、皆さん「とんでもないな」と思うことでしょう。

その「とんでもない」と思える認識をつくった人物こそが綱吉なのです。

彼はただ犬だけを憐れんだのではなく、戦国時代からの風潮を変え、他者をいたわる心を持った社会にしたいと願っていたのです。

そこで彼が考え出したのが「生類憐みの令」でした。

それは、「何事も力づくで押さえ込めばいい」という戦国時代の荒々しい気風とは真逆の考えでした。

綱吉は死ぬまでの約30年間、ずっとこの法令を出し続けました。最初は皆文句を言います。当時の武士の日記や手紙を見ると、よく「綱吉はバカ将軍だ」と書いてあるんです。

でも文句を言っていた人々はだんだん年老いていきます。そして、「生類憐みの令」が施行されている時代に生まれた子どもはその法を常識だと思って育ちます。

30年もすれば一世代交代しますから、その子たちが大人になる頃には常識として固定されるのです。

今、殺生はしてはならないことだと皆さん当たり前のように思っているでしょう？やはりここに綱吉の政策が少なからず影響しているると言えるのです。

同じ時代の人間は綱吉の理想を評価しませんでした。それでもその理想を生涯貫き、結果として日本人の意識の大転換を起こすきっかけを作った綱吉を、私は大政治家だと思うのです。

では、綱吉はどうしてこういう理想を抱いたか。その理由の一つが「儒教」です。日本人は綱吉の時代あたりからだんだん儒教の教えに染まり始めました。儒教は孔子の教えである「仁」の考えを理想の道徳としています。綱吉はそれを尊んだのです。

儒教の良いところは、「弱い立場の者は労わらなければいけない」という教えがあることです。これが当時、消耗品のように扱われていた家畜や動物たちにも適用されました。

ただ、同時に女性にもこの考えが当てはめられて「女は弱いから男についてくればいい」という男尊女卑の形で浸透してしまいました。

その結果何が起こったか？　それまですごく強かった女性たちがおとなしくなっちゃったんです。

以前、『江《ごう》』という大河ドラマがありましたね。浅井三姉妹の三女・江の生涯を描いたもので、主役の彼女はかなり自由奔放な女性として登場していました。

あれを見て、「江はお姫様なんだから、勝手に馬で出掛けたり、親の言うことを聞かなかったりするなんておかしい」と思う方が結構いたようなのです。でも戦国の女性は本当にあんな感じの人が多く、時に男性を上回るくらい自由で勇ましかったのです。

これは後継問題でも同じことが言えます。江戸時代、大名の跡継ぎは必ず男子でした。これも儒教の教えと一致します。ですから江戸時代に女大名は1人もいません。

でも皆さん、今「女大名」と言ったら、最近の大河ドラマ『直虎』が浮かびますよね。戦国時代は、一人娘が立派に跡を継いだ例がいくつかあるのです。九州の有名な戦国大名・立花道雪《たちばなどうせつ》の娘「立花ぎん千代」という女性もその一人です。

跡継ぎとして正式に立花城を継いだ彼女は、後に武将・立花宗茂を婿に迎えたのですが、結婚した後もずっと強くて威張っていたらしいです（笑）。

ですが、儒教の教えが常識として定着しだした綱吉の時代あたりから、女性の自由な振る舞いは社会から白い目で見られるようになっていきます。おかげで、それまで女性たちにあった勇ましさもだいぶ制限されてしまいました。

だから今、私たちが日本女性の美徳だと思っている「控えめで奥ゆかしい」というイメージも、実は綱吉の頃からできてきたと言えるのです。

女性に厳しい大名と女性を信頼した大名

戦国時代、女性は男性に負けず劣らず自由で強い存在でした。とはいえ、やはり女性に対して否定的な見方をする大名もいました。

否定的な見方をする大名として有名なのは北条早雲です。この早雲さんは自分の子孫に対して「早雲《そううん》寺《じ》殿《どの》廿一《にじゅういち》箇条《かじょう》」という家訓を残しました。

これがなかなか面白いです。

たとえば「出勤して、いきなり上司のもとに行くな。先に来ている後輩に今日の上司の機嫌を聞いてから行け。そのほうが失敗が少ないぞ」ということが書かれているのです。

皆さんのところにもいるかもしれません。ある球団の大ファンで、負けたらとにかく機嫌が悪くなる上司（笑）。そういう人に会う時、スポーツ新聞の結果も見ないで行くのは不心得というものでしょう。それと同じことを言っているわけです。

早雲は叩き上げの人だったのですね。

ただ、早雲は女性に対して辛辣な見方をしていました。それが表れているのが、家訓の中で「火の用心」について述べた部分です。

「…特に女性というものは身分の高い者から低い者まで火の用心をする意識が低い。燃えやすい服や家財道具を散らかしたりして油断が多いのだから気をつけろ」という一文があるのです。

同じ「火の用心」でも、織田信長は早雲と全く逆のことを言っています。比叡《ひえい》山の焼き討ちなどで苛烈なイメージが根付いていますが、信長は女性に対しとても肯定的で、その力を大切にする武将でした。

『信長公記《しんちょうこうき》』という信長の伝記の中にこんな話があります。

天正6年1月29日のこと。織田の弓衆の家が火事になりました。原因を調べると、火を出した家主・福田与一は尾張から妻子を連れてこず、安土に単身赴任だったと判明しました。きっと一人暮らしで火の始末が悪かったのでしょう。

これを聞いた信長は激怒しました。当時の火事は非常に恐ろしいもので、彼らの家が一軒燃えただけで、城下町全体に燃え広がるような危険もあるわけです。

そこで家臣の単身赴任者の数を調べさせたところ、総勢120名の家来たちが妻子を尾張に残したままであることが分かりました。

信長はこれらの者を厳しく叱りつけると、息子の信忠に命じて、家族の住む尾張の家を庭の笹に至るまで徹底的に焼き払わせたのです。

単身赴任の者たちはこのことを知って仰天し、あわてて家族を呼び寄せ、安土で共に暮らすようになったといいます。

早雲が「女は油断が多くてちゃんと物事を考えていないから、火の用心は自分でやれ」と言ったのに対し、信長は「家の内の取り締まりは奥さんに任せろ。それだから家内と言うのだ」と言っているのです。

豊臣秀吉の正室・ねねから秀吉の女遊びの激しさを訴えられた時も、信長は「おまえは秀吉にはもったいない程の良い妻なのだから、どっしり構えていなさい」という旨の文を送っています。

信長は他の大名とは違い、女性を信頼していたと言えますね。

あの織田信長を感心させた「内助の功」

当時、馬は武士のステータスシンボルでした。いい馬に乗っているほど経済力があるということだったからです。

「雑兵《ぞうひょう》」と呼ばれ、その他大勢の扱いをされる足軽なんかは自分の馬を持てません。ところが一段昇格して侍になると、「旗指物《はたさしもの》」という自分の紋をつけた自分だけの馬に乗れるようになります。戦の時には「目付」という役職の人がその紋を見ているので名声に繋がるのです。

また、足軽は槍や刀を貸してもらえますが、給料を貰う侍は自分で武装を揃えなきゃいけません。

現在と同じですね。そうして自分のお金できちんとした鎧や刀、馬を揃えていると、主君から「おまえは心がけのいい侍だ」と褒められることになります。

そんな中、織田家に1人の侍がいました。NHKの大河ドラマ『功名が辻』の主人公にもなった山内一豊《やまうちかずとよ》です。彼は貧乏侍でしたから、いい馬を持っていませんでした。

ある時、奥州から見事な名馬を引いてきた商人がいました。「いいな」と思った一豊が値段を聞いてみると金10枚、100両です。「そんな金はない」と一豊が言うと、商人は彼を馬鹿にします。「安土といえば天下人の織田信長がいるというのに、その家来はろくに金も持っていないのか」と。

一豊が悄然と家に帰ると、その話を聞いた妻の千代さんは「じゃあ、あなたこれで買ってください」と言って、なんと金10枚をぽんと出してくれました。千代さんは夫の有事に備えてそんな大金をこっそり持っていたのです。それで一豊はその馬を買うことができました。

その後、京都で軍事パレード「馬揃え」が行われました。

これは天皇に対し「織田の家中には素晴らしい兵がおります」とアピールするもので、織田家に仕える全ての家来たちが自慢の刀や槍、馬を携えて信長と天皇の前に出るのです。

そんな時、武装は貧しいのにすごい名馬に乗っている一豊が出てきたものですから「あいつは誰だ」と注目を集めました。

「あれは山内一豊というのか。あんないい馬をどうしたのだ」と尋ねた信長は一豊が馬を手に入れるまでのいきさつを聞き、二度感心したといいます。

一つはそのような名馬を買おうとした一豊の心がけがいいということ。

そしてもう一つは、とっさに機転を利かせて金を工面できた妻が素晴らしいということ。

別のところに行った商人に「織田家は馬も買えない貧乏侍ばかりだった」と吹聴されてしまったら、織田家全体の恥になるからです。

「それをおまえたち夫婦はよくぞカバーしてくれた」ということで、この出来事が山内一豊の出世のきっかけになったといいます。

この話は、江戸時代は「婦道」、明治時代は「修身」という、今でいう道徳の教科書に載っていました。だからかなり有名な話なのです。

「夫の外部での働きを支える妻の功績」や「影の功労者」を指す言葉である「内助の功」の語源を探っていくと、必ず山内一豊の妻・千代さんの話が出てくるほどです。

女性の名前はトップシークレット

織田信長に仕えた山内一豊という侍の立身出世を支えた奥さんは「千代（見性院《けんしょういん》）」という名前だと伝えられています。

これ、実はすごいことなんです。「この時代の女性の名前が後世にも知られている」ということが重要なのです。

日本には古くから女性の本名を呼んではいけないという習慣がありました。紫式部や清少納言なんかも本名ではありません。


それから万葉集の第一番に、春の野に出た雄略天皇の歌があります。山菜取りをしている乙女に「私はこの大和の国の王だ。君はどこの家の娘なの？　名前は何というの？」と尋ねている歌です。

これは今のように電話番号やメールアドレスを聞くような気軽さとは違います。名前を聞くということは、イコール「私の妻になってください」ということなんです。

女性の名前というものは長い間門外不出の秘密でした。結婚するような間柄になって初めて「愛するあなただから教えます。ほかの人には絶対教えないでよ！」という感覚だったのです。

親などの身内はもちろん知っていましたが、それ以外の人間には名前をみだりに教えるものではなかったわけです。

たとえば、あの有名な戦国武将である武田信玄や毛利元就《もうりもとなり》の奥さんの本名も、実は分かっていません。

あったとしても京都の三条に住んでいたから「三条の夫人」とか、諏訪家のお姫様だから「諏訪姫」とか、その程度です。

大河ドラマでは奥さんの名前が呼ばれていますが、シナリオライターさんとか制作側の人が作った名前です。でも、そこから歴史に触れた人は「昔から女性の名前は当たり前のように呼ばれていたのだな」と思ってしまうわけですね。これはちょっと問題です。

女性の名前が表に出るというのは今では当たり前のことですが、歴史の流れをさかのぼると実はすごく非常識なことだったのです。

そのように、女性の名前がほとんど明かされなかった時代は長く続いていました。

でも、信長の時代からは家来の奥さんの名前まで分かるようになってきます。

信長に仕えた秀吉の奥さんは「ねね」さんですし、前田利家の奥さんの名前も「まつ」さんだと分かっています。

信長以外の大名はほとんど大なり小なり女性のことを軽んじていたと言っていいでしょう。

「女性とは横着なもの、弱いもの、だから男が保護してやらないといけない。表に出ないのだから名前を出す必要もない」と。

でも、信長は女性の力を活用し、その功績も認めていました。

そんな信長の後を継いだ豊臣秀吉も、正室のねねさんと二人三脚で豊臣家を盛り立てたようなものでした。

やはり当時は一般的でないことであったとしても、女性の力を軽視しなかった家が最終的な勝者になったということは言えると思います。

時代と共に常識が移り変わる時、どこかに必ずそのきっかけとなった「時代人」がいるはずだと私は思っています。

井沢元彦（いざわ・もとひこ）

1954年愛知県生まれ。早稲田大学法学部卒業後、TBS入社。報道局記者だった80年に『猿丸幻視行』で第26回江戸川乱歩賞を受賞。現在は歴史推理小説・時事エッセイ、評論など幅広いジャンルで活躍中。『逆説の日本史』（小学館）シリーズは単行本・文庫版・ビジュアル版で500万部超のベスト&ロングセラー。その他の著書に、『天皇になろうとした将軍』（小学館）など多数。

あとがき

『心揺るがす講演を読む』をお読みいただき、ありがとうございました。

この本を手に取ってくださったあなたはきっと講演会がお好きな方か、よく講演会に行かれる方ではないでしょうか。


どんなに講演会が好きでも、講演会は時間と場所の制約がありますので、無作為に参加するわけにはいきません。

自分の興味に合うテーマを選んで行くはずです。

だからある意味、ジャンルに偏りがあるのは致し方ありません。


僕は仕事で行くので、講演会ならジャンルもテーマも選ばす、どんな講演会にでも参加してきました。

結果的に見識が広くて浅くなるのですが、今まで興味がなかった分野でも「面白い」と思う感性だけは育ってきたように思います。

さて、多種多様な講演会ですが、そこには共通点があります。

講師の先生です。

皆さんはどんな講師が人気があると思いますか？

つまり主催者はどういう方に講演を依頼しているのでしょうか。


不特定多数の聴衆にお話をするわけですから、誰が聴いても「聴いてよかった」と思ってもらえる人でないといけません。

だからいい情報を持っている人で、多くの人にいい影響を与えられる人でしょう。

そういう人は間違いなく本を出しています。


もちろん本を出していない人も、いいお話をされる人はいるのですが、主催者が演者を探すとき、探しきれません。

やはり、本を読んで、「この先生に来てもらおう」となるのが普通です。

その本がある程度売れていることも演者を探す大きな条件になるでしょう。

僕のオフィスには著名人の講演の音声ＣＤが結構あります。

ある作家さんは、自分の恩師が中学時代に福沢諭吉の講演を直に聞いた話をされていました。

明治の時代から講演会はあったんですね。


音楽もそうですが、どんなにＣＤをたくさん持っていてもやっぱりコンサートに行って直接好きなアーティストの歌声を聴いて熱狂したいものです。

講演もそうだと思います。

どんなに本を読んでいても、オンラインでその人の話を聴いていたとしても、その方が自分の住んでいる町で講演するとしたら、やっぱり直接話を聴いてみたいと思うのではないでしょうか。


そういう意味ではこれからも講演会はなくならないと思います。

デジタルとアナログは共存していくでしょう。

僕もいつか皆様の街に講演でお邪魔するかもしれません。
その時はぜひ会場に足を運んでください。
この本や、日本講演新聞を持って、楽屋をノックしていただけると嬉しいです。

水谷もりひと

〈参考・講演会名〉

第1章

＊「挑み続ける人生」山中伸弥（2014年／JR西日本あんしん社会財団主催）

＊「人間、その根源へ」執行草舟（2019年／福岡市で開催「ヒトの教育フォーラム」）

＊「盤上で培った思考」羽生善治（2017年／医療法人徳真会グループ主催「第108回／一燈塾」）

＊「銀幕と共に半世紀」明石渉（2019年／宮崎市倫理法人会モーニングセミナー）

＊「感性で生きる」行徳哲男（2013年／久留米市で開催「和ごころ塾」）

第2章

＊「発達に寄り添う子育て」佐々木正美（2013年／東京で開催のぶどうの木主催セミナー）

＊「自分大好きの育て方」七田厚（2014年／東京で開催の「七田厚&澤谷鑛コラボ講演」）

＊「人生に悩んだら日本史に聞こう」白駒妃登美（2012年／久留米市で開催「和ごころ塾」）

＊「食卓で育む生きる力」内田美智子（2013年／ひろがれ弁当の日in宮崎実行委員会主催セミナー）

＊「常識を変えた時代人」井沢元彦（2017年／種智院大学主催の講演会）

監修：水谷もりひと

日本講演新聞編集長
昭和 34 年宮崎県生まれ。学生時代に東京都内の大学生と『国際文化新聞』を創刊し、初代編集長となる。
平成元年に宮崎市にＵターン。宮崎中央新聞社に入社し、平成 4 年に経営者から譲り受け、編集長となる。
28 年間社説を書き続け、現在も魂の編集長として、心を揺さぶる社説を発信中。
令和２年から新聞名を「みやざき中央新聞」から現在の「日本講演新聞」に改名。

◇これまでの活動
平成 11 年から「男性学」を学び、地元ＭＲＴラジオで「男性学講座」を担当。
平成 16 年に宮崎県男女共同参画推進功労賞受賞。
宮崎市男女共同参画審議会委員や宮崎家庭裁判所参与員、宮崎県人権啓発協会の講師を担当。

◇講演活動
企業研修・教職員研修・経営者向けの講演を全国で行う。

◇趣味
平成 21 年に宮崎に開校した俳優養成所に入所し、いろいろな CM に出演している。

◇著書
『日本一心を揺るがす新聞の社説１～４』
『日本一心を揺るがす新聞の社説ベストセレクション（講演 DVD 付）』
『この本読んで元気にならん人はおらんやろ』
『いま伝えたい！ 子どもの心を揺るがす“すごい”人たち』
『仕事に“磨き”をかける教科書』（以上ごま書房新社）など。

心揺るがす講演を読む

2020年7月 3日　初版第1刷発行
2023年4月22日　第3刷発行

監修・編集　水谷 もりひと
発行者　日本講演新聞
発行所　株式会社 宮崎中央新聞社
〒880-0911
宮崎県宮崎市田吉6207-3
TEL 0985-53-2600
発売所　株式会社 ごま書房新社
〒167-0051
東京都杉並区荻窪4-32-3　AKオギクボビル201
TEL 03-6910-0481(代)
FAX 03-6910-0482
カバーデザイン　(株)オセロ 大谷 浩之
DTP　ビーイング 田中 敏子
印刷・製本　精文堂印刷株式会社

ISBN978-4-341-08764-7 C0030

本書の“もと“になった新聞

ちょっと変わった新聞があります。情報過多の時代に情報を売り、さらには読者に感謝される新聞です。なぜか…。日本講演新聞（かつてのみやざき中央新聞）が売っているのはただの「情報」ではないからです。

●読者の声

この新聞は私の生き様に強い刺激を与えていただいたことには疑う余地もありません。先日は神戸在住の長男への贈り物の中に、編集長の社説の本を忍ばせてみました。何かを感じてくれるのではないかとひそかに期待をしながら・・・。　北九州市　男性　学習塾経営

数年前、真っ暗闇の中で出会ったのが、みやざき中央新聞（現・日本講演新聞）でした。ある意味、命を救っていただきました。日本中にそんな人はたくさんいると思います。　神戸市　男性　会社員

この度は、あんなに素敵に！私の講演内容を掲載いただき、ありがとうございました。私が伝えたいことを的確にまとめてあり、周囲の方にも読んでいただいています。　『わたしのうつ闘病記』著者　後生川礼子

心揺るがす 日本講演新聞 ～ときめきと学びを世界中に

≪日本講演新聞にご興味を持たれた方へ≫
まずは無料で１か月分、お試しください ⇒⇒⇒

https://miya-chu.jp　または　「日本講演新聞」で検索